図書館につづく道

草谷桂子

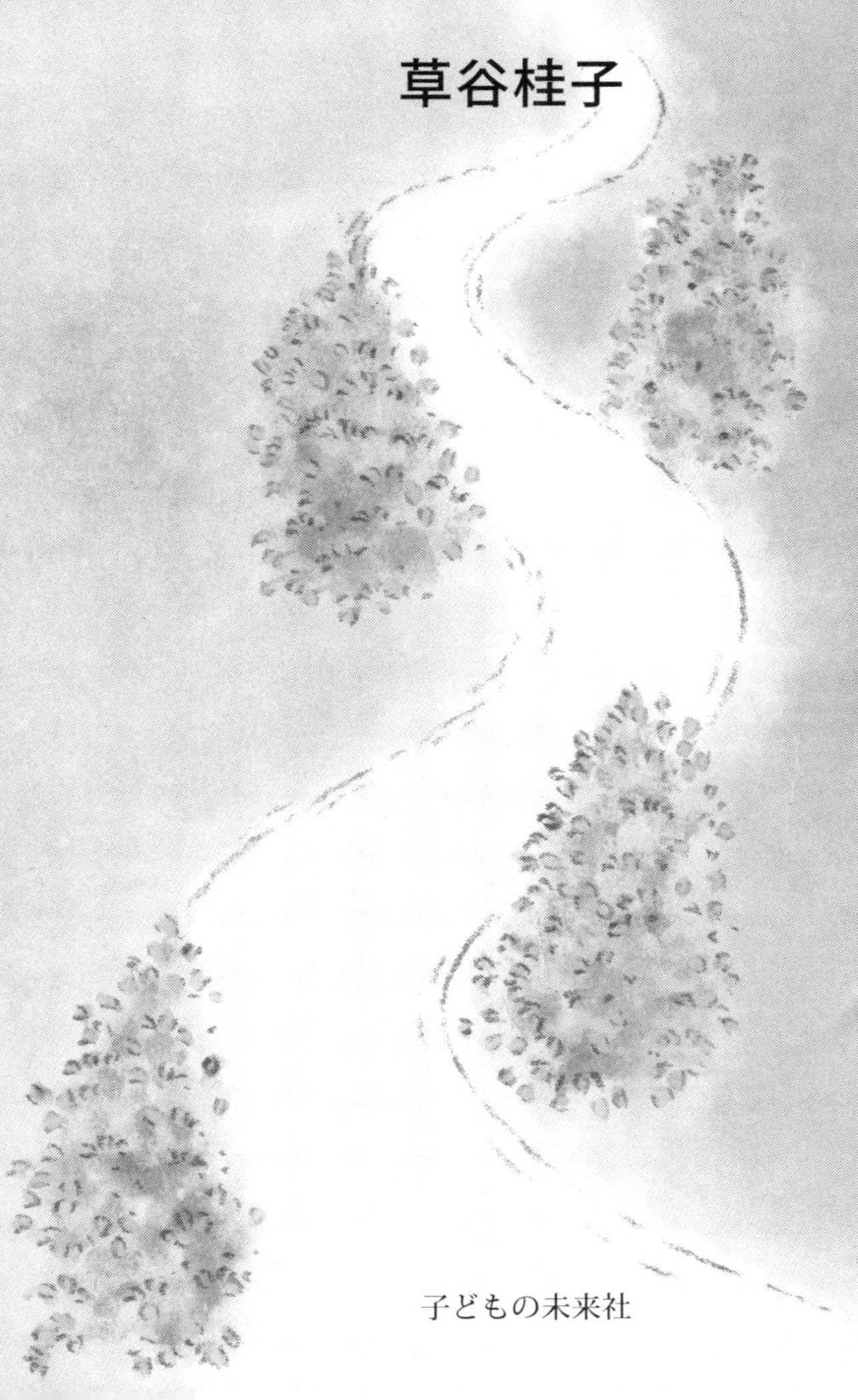

子どもの未来社

もくじ

プロローグ　美月《みつき》さんの話

古い地図

その手づくりの布《ぬの》の地図には、深山町《みやまちょう》図書館で出会いました。二階の地域《ちいき》資料室《しりょうしつ》入り口にかけてありました。額《がく》の大きさは、畳《たたみ》半分くらいです。

わたしは思わず足を止め、見入ってしまいました。

連なる山並《やまな》みも、広がる茶畑も、曲がりくねった川も、さまざまな色に染《そ》めた布《ぬの》をつなぎあわせてできていました。とりわけみごとなのは、赤い鼻の立体的なテングの顔。民話のスポットにはってあり、数えたら九個《こ》ありました。草花や鳥や蝶《ちょう》も、ていねいにぬいつけてあります。

わたしは、草木染《くさきぞ》めの仕事をしています。だから、どの布《ぬの》も植物で染《そ》めた色合いだと、すぐに気づきました。

なんて素朴《そぼく》で、あたたかい雰囲気《ふんいき》の地図でしょう。この、ぬくもりのある地図は、いったいだれが、いつ、作ったのかしら？

わたしは、額《がく》の下の説明文に目を移《うつ》しました。

「深山町《みやまちょう》図書館開館十周年記念〈若《わか》い翼《つばさ》の会〉一九七七年作成」

まあ！　四十年以上も前に作られていたんです。

「若《わか》い翼《つばさ》の会」の人たちに会ってみたい！　どんな人たちかしら？

そう思った時に、やわらかな風が、地図から吹《ふ》いてきたような気がしました。

「この町にようこそ！」って。

わたしと夫は、喫茶室《きっさしつ》のある草木染《くさきぞ》めのお店をオープンするために、場所を探《さが》していました。そして、ついに深山町《みやまちょう》に行きついたのです。

メエさんの話

つむぎ堂にようこそ

わたしはメル・グレーアム。メエさんと呼《よ》ばれています。カナダでハイキング・ツアーのガイドをしていました。星の観察と、野の花が好きなわたしには、ぴったりの仕事でした。

妻《つま》の美月《みつき》とは、五年前の春に出会いました。ツアーに、日本からひとりで参加していたのです。笑顔《えがお》がタンポポみたいな人でした。

着ていた服のこと、今でもおぼえています。帽子《ぼうし》とおそろいのベストは、渋《しぶ》い茶色の濃淡《のうたん》で、まだら模様《もよう》に染《そ》めてありました。その感じは、子どものころ読んだ本に描《か》かれていた、古ぼけた地図のよう……。

その地図を片手《かたて》に、兄妹《きょうだい》が宝探《たからさが》しの旅に出るお話です。物語の展開《てんかい》と、地図とを比《くら》べながら、はらはら読みすすめたものでした。

そのことを伝《つた》えると、

「草を干《ほ》して、その煮汁《にじる》で染《そ》めた布《ぬの》で作ったの」

と教えてくれました。その草はヨモギといって、道ばたや野原に生えていて、天ぷらにしたり、お菓子《かし》やおもちに入れて食べられるというのです。

道ばたの草が、こんな味わいのある布《ぬの》になるなんて！　しかも、食べられるなんて！

もっともっと知りたいと思いましたね。美月《みつき》のことも、日本のことも。

それから美月《みつき》とは、電話やインターネットで、ずっと連絡《れんらく》をとりあっていました。日本のことも日本語も、いっぱい勉強しました。で、プロポーズして、日本にきちゃったってわけです。

美月《みつき》と深山町《みやまちょう》を訪《たず》ねたのは、四月のはじめでした。

ＪＲの小さな駅から、私鉄《してつ》に乗《の》り換《か》えました。列車は三両。芽が出たばかりの若草《わかくさ》色《いろ》のお茶畑が、左右に広がってきました。

窓《まど》を開けると、新緑のさわやかな香《かお》りが鼻をくすぐりました。列車は少しずつ山を登ります。橋を渡《わた》るたびに、川の位置が左へ右へと変わりました。

お茶畑を見たのは、生まれて初めてです。菜の花畑も桜並木《さくらなみき》も山の新緑も、丸く刈《か》りこまれたお茶畑によく似合《にあ》い、どこを切りとっても絵になりました。わたしは、目線をあちこちに動かしながら、パッチワークのような景色を楽しみました。

一時間後、「星とお茶の里・深山町《みやまちょう》」という看板《かんばん》のある駅に降り立ちました。すぐ目の前に、木造《もくぞう》の大きな建物が並《なら》んでいます。駅前の案内図を見たら、図書館と小学校でした。

「ラッキー！」と思いました。図書館の近くに住みたいと思っていましたから。今まで見てきた山中の町では、図書館に出会わなかったのです。

図書館の手前には、今まさに満開の大きな桜《さくら》の木がありました。わたしたちの足は、吸《す》い寄《よ》せられるようにそちらに向かっていました。

「ウェルカム。ウェルカム。そこの似合《にあ》いのお二人さん！」

途中《とちゅう》で、いきなり歓迎《かんげい》されちゃいました。

手ぬぐいを首に巻《ま》いたおばあさんが、桜吹雪《さくらふぶき》をあびながら、手まねきしています。

おばあさんは、木の根元に青色のシートを敷《し》いて、野菜や味噌《みそ》などの手づくり品を売っていました。

「これぞ、日本の味ってもんさ。新しいからスーパーとはぜんぜんちがうよ。買わなきゃ損《そん》だよ！」

元気なおばあさんにのせられて、梅干《うめぼ》しと味噌《みそ》を買いました。

「あそこの図書館に、寄っていきなさい。お茶が飲めるよ。観光案内も、ロッカーもあるからね」

おばあさんは、まるで自分の家に案内するように、木造《もくぞう》の建物を指さしました。

わたしたちは、胸《むね》をときめかせて図書館に入りました。

たしかに、図書館のエントランスは、まるで観光案内所でした。入るとすぐに、ポットに入れたお茶のサービスコーナーがありました。

さっそくいただきました。とろみのある冷たいお茶が、かわいたのどにしみとおりました。

上を見て、おどろきました。赤ら顔の鼻の長い男の面が、ぎろりとこちらをにらんでいるんですから。それがこの町のシンボル「テング」ってことは、後で知りました。その下に「ようこそ・深山町《みやまちょう》図書館へ」と、「ようこそ・深山町《みやまちょう》へ」と書かれた看板《かんばん》が二枚並《まいなら》んでいます。

その下の木製《もくせい》の書棚《しょだな》には、名所や企画《きかく》の案内、ハイキングコース、星の観察スポット、民話の舞台《ぶたい》など、たくさんのパンフレットがありました。

図書館をのぞくと、そこここに本を選んだり、新聞を見たりしてくつろいでいる人がいます。カウンターにいた中年の女性《じょせい》の職員《しょくいん》が、立ちあがって笑顔《えがお》で迎《むか》えてくれました。

「いらっしゃいませ。なにかお探《さが》しのことがあったら、お手伝いします。英字新聞もありますよ。インターネットを使える場所にご案内しましょうか？」

「ありがとうございます」

わたしは、案内してもらったコーナーで、ノートパソコンを出し、カナダの両親に元気なことを知らせるメールを送りました。

新聞コーナーには、英字新聞のほかに韓国語《かんこくご》と中国語の新聞もあります。「どの国の、どなたも大歓迎《だいかんげい》！」と言われたような気がして、この図書館が、ますます好きになりました。

一階左手はおとな向けの本。右手は、児童書コーナーとお話室。その奥《おく》は談話室と和室です。談話室では、数人の子どもたちが、顔を寄《よ》せ合って新聞を作っていました。すみっこでカーテンにくるまってパズルをしていた男の子が、顔をあげてニッと笑ってくれました。

わたしたちは二階の地域資料室《ちいきしりょうしつ》に行きました。ここで、この町のことがもっとわかるはずです。

美月《みつき》が入り口で立ち止まりました。

手づくりの味わい深い古い地図の額《がく》が、ちょうど、目の高さにかかっていました。美月《みつき》は食い入るように地図に見入った後に、はずんだ声で言いました。

「ここに決めましょうよ！」

もちろん、大きくうなずきました。わたしもすっかり「その気」になっていたんです。

それからわたしたちは、「わからないことがあったら、なんでも聞いてくださいね」と言ってくれた、さっきの職員《しょくいん》を質問《しつもん》攻《ぜ》めにしました。

地図を作った〈若《わか》い翼《つばさ》の会〉は、農家の若《わか》い母親たちの読書会で、今は解散《かいさん》し、この地図が最後の作品だそうです。会の人たちが出していた文集も、数冊《さつ》見せてもらいました。

美月《みつき》は、すぐに文集を読み始めました。そして、ハッと手を止めました。開いたままのページには、草木染《くさきぞ》めの体験がびっしり書かれていました。その文を書いた人がこの地図作りの責任者《せきにんしゃ》で、青木知子さんという人でした。

いつのまにか、ほかの職員《しょくいん》や館内にいた人がわらわらと集まってきました。わたしたちの事情《じじょう》を話すと、みんな、あれこれと相談にのってくれました。元気な声の女性《じょせい》の職員《しょくいん》……館長の真菜《まな》さんです……が、とびきりはりきってくれましてね。すぐに、青木さんに電話してくれました。

十五分後。青木さんは、軽トラックを運転して図書館に到着《とうちゃく》しました。坂が多いこの町では、ほとんどの女性《じょせい》は昔から車の運転ができるのだそうです。

青木さんは、小柄《こがら》で気さくなおばあちゃんでした。

それから、あれよあれよというまに事がすすみました。

青木さんは、知り合いの不動産屋を紹介《しょうかい》してくれ、わたしたちは、駅前商店街のはずれの空《あ》き店舗《てんぽ》を借りました。地続きに、雑木林《ぞうきばやし》が広がっている土地です。

それからも図書館にはよく通いました。

店の設計《せっけい》や照明や調度品のこと、この町の人の生活、気候《きこう》、染色《せんしょく》に適《てき》した草花、観光客の人気スポットも調べました。

職員《しょくいん》は、どんなことでも親切に相談にのってくれました。

青木さんも、木の苗《なえ》や草花や、店の道具の調達をしてくれました。山の中のどこにどんな草木があるのか、案内してくれたのも青木さんです。

そして、一年後に開いた店の名前は「カフェ　つむぎ堂」。

カフェつむぎ堂

糸をていねいにつむぐように、人の縁《えん》もつむがれていく店にしたいという願《ねが》いをこめました。

あれから三年がたちました。

材料集めも手作業も、青木さんやその友人に助けてもらって作った草木染《くさきぞ》めの手芸品は、お店だけでなくインターネットで販売《はんばい》しています。

庭に植えたハーブも根づきました。ハーブ・ティーは種類が多いので、カフェで一番人気です。お店はまだ赤字ですが、軌道《きどう》にのるようにがんばっています。

わたしもパパになったことですしね。

みのりの話

ミ、ミ、ミノムシ　ミノリ虫

わたしは青木みのり。本を読むのが大好き。多分、図書館にいる時間は、五年一組の中で一番多いと思う。
なぜかというと、家が学校からすごく遠いから。おばあちゃんが軽トラックで迎《むか》えにきてくれるまで、図書館に入りびたっているの。
両親はお茶の栽培《さいばい》で忙《いそが》しいから、おばあちゃんが「つむぎ堂」の用事や買い物のついでに、きてくれるってわけ。
おばあちゃんも本が好きよ。だからか、おばあちゃんもわたしもメガネをかけているの。おばあちゃんの好きな本はエッセイと、歴史小説。図書館で本の相談もよくしているよ。草木染《くさきぞ》めのことが多いみたい。今のブームは「和ハーブ」らしい。ドクダミとかスギナとか、身近に生えている草を見直しているんだって。

よく職員《しょくいん》とカウンターで話しこんでる。草の種類とか、効能《こうのう》とかお料理のこと。館長の真菜《まな》さんも趣味《しゅみ》が同じみたいだけど、教えているのはおばあちゃんのほう、って時もあるよ。

おばあちゃんは「つむぎ堂」の仕事を手伝ってる。この前、お店のホームページをのぞいたら、おばあちゃんが編《あ》んだやまぶき色のセーターが、「ひなたぼっこ」って名前で、販売《はんばい》用にアップされていた。

「七十歳《さい》すぎてから、趣味《しゅみ》が仕事になったなんて、信じられない老後だよ」って、おばあちゃんはよろこんでいるよ。

おばあちゃんは、よく「つむぎ堂」に連れていってくれる。

「つむぎ堂」は、図書館の次に好きな場所よ。

図書館は月曜日が休みだから、今日は自力で帰る日。

五年生になってからだけど、月曜日だけ歩いて帰っている。片道《かたみち》三十分の坂道を、登ったり降《お》りたりしてね。

途中《とちゅう》まで、げんとも同じ道だ。げんは、三年生の時に福島から引《ひ》っ越《こ》してきたんだ。げんの家は、学校とわたしの家の中間にある。

げんったら、月曜日には、やけにはりきって、わたしが門を出るのを待っている。それで、トカゲのしっぽを持ってきておどかしたり、わたしの給食袋《きゅうしょくぶくろ》をぐいぐい引っぱったりする。

まったく、幼稚《ようち》なんだから。きっぱり、無視《むし》！

きょうもわたしを見ると、目をぐりぐりさせて、いつもの歌を歌い始めた。

「ミ、ミ、ミノムシ　ミノリ虫　風に吹《ふ》かれて落っこちた！　ドシン！」

「ドシン！」って言う時の、まあ、にくたらしいこと！　わたしの体型をまねて両手を大きく広げて、ひっくり返るまねをするんだ。

たしかに太ってますよ、わたし。でも、身長だって、げんより十センチは大きいからね！　げんは、体重も身長も平均《へいきん》より下。声だっておさない。

ま、むきになる相手ではないってことわかってる。だから、なるべくかかわらないことにしてるんだ。

わたしは、ダッシュでにげた。げんは追いかけてきたけど、あきらめた……と思う。わたし、太目だけど、かけっこは速いの。

勢《いきお》いづいて、そのままずっと走った。

三つめの登り坂を曲がり、ひと息ついて山の若葉《わかば》をながめると、茶畑の黄緑を囲むように、ピンクがかった緑、濃《こ》い緑、薄《うす》緑と、いろんな色が重なっている。

ほうっと息をついて、つづら折りの坂道を曲がった。

あっ、「つむぎ堂」のメエさんだ。切《き》り株《かぶ》に腰《こし》かけて、なにか編《あ》んでいる。やわらかく後ろで結んだ金色の髪《かみ》、ふちなしメガネの中のやさしいたれ目。

わたしは、メエさんが大好き。本当の名前は、「メルさん」だけど、みんな、「メエさん」って呼《よ》ぶ。「メル」が「メエ」に似《に》ていることもあるけど、顔がヤギそっくりなの。

ふふ……。

ほんとはまだ四十歳《さい》ちょっと前で、風花《ふうか》ちゃんのパパよ。

切《き》り株《かぶ》にすわったメエさんは、わたしに気づき、

「おー。おかえり、みのりさん」

と、切《き》り株《かぶ》の場所をあけて、すわらせてくれた。

メエさんは、いつも不思議なにおいがする。新しい畳《たたみ》のにおいだったり、甘《あま》ずっぱい、ドライフルーツのにおいだったり。

きょうは、かれ草のにおい。

メエさんは、ふんふんとハミングしながら、レンガ色の毛糸を編《あ》んでいる。二本のかぎ棒《ぼう》がリズムよくクロスしていく。

「なにを編《あ》んでいるか、わかりますか?」

メエさんは、手を動かしながら聞いた。

「なんだろう?」

「ヒント、冬に使うもの」

「……マフラー?」

「あたり。では、毛糸の色はなにで染《そ》めたのでしょう?」

「サザンカの花びらですよ。みのりさんのおばあちゃんにもらいました」
「えー。わからない」

そういえばおばあちゃん、いつか、サザンカの花びらをビニール袋《ぶくろ》に小分けして、冷凍《れいとう》していたっけ。

「染《そ》めると、ぜんぜんちがう色になるって、不思議よね」

「そう、大変身ですね。花が変身してこんな味のある糸になり、次はマフラーに変身です。そうそう。この編《あ》み方も、みのりさんのおばあちゃんが教えてくれました」

おばあちゃんがほめられたのに、わたしまでくすぐったくなった。

時どき聞こえる小鳥の声。風で木の葉がこすれる音。地面の中でチチチチと鳴く虫。山のかすかなざわめきは、まるでメエさんの手のリズムの伴奏《ばんそう》をしているみたい。

メエさんは、山や野原の音や、においもいっしょに編《あ》みこんでいるのかな……。

「おや、もう五時近いですね。風花《ふうか》のお迎《むか》えの時間です。そろそろ帰らないとね」

メエさんは、わたしの手をとって立ちあがった。まるで映画《えいが》の中の紳士《しんし》みたい。

そして、「そうそう」とにっこり笑った。

「今度の日曜日、美月《みつき》の誕生会《たんじょうかい》をします。みのりさんもきてください」

「え？　あたしも？　おばあちゃんもいっしょに？」

「今回は、みのりさんだけね。裏庭《うらにわ》にハンモックを取りつけたんです」

「わー、すてき！　行く行く！」

わたし、ぴょんぴょんはねてしまったよ。メエさんはなんでも作っちゃう。裏庭《うらにわ》のくすの木には、ツリー・ハウスまであるんだよ。

「午後三時から、お店も休みます。待ってますよ」

メエさんは、「これで決まり！」っていうように、指をピッと鳴らした。メエさんの、「ここ一番！」って時のくせよ。

メエさんと別れて、最後のだらだら坂をのぼり始めた。ふりかえると、メエさんは、編《あ》み物をしながらポコポコ帰っていった。

次の日曜日、お祝《いわ》いのカードを持って、はりきって出かけたよ。自転車を十五分こいで、午後三時ぴったしに着いた。

店に入ると、ドライフラワーのにおいに包まれる。

お店の右半分にはドライフラワーのリース、花かご、草木染《くさきぞ》めのエプロンやシャツ。

それに、コースター、ブックカバー、テーブルクロスなどの小物がいっぱい並《なら》んでる。

左側半分がテーブル四つの小さな喫茶店《きっさてん》。入口に作りつけの本棚《ほんだな》があって、本が並《なら》んでいる。山や草花や星の本が多いけど、子どもの本も置いてあるよ。おばあちゃんが仕事の打ち合わせをしている時は、ここで本を読んで待ってるの。

わたしが気になってるのは、『深山《みやま》の草花』という手づくりの画集。コピーして重ねただけのかんたんな本で、植物の色は色鉛筆《いろえんぴつ》でぬってある。どこで、いつ見つけた草花かが、手書きで書いてある。

美月《みつき》さんもメエさんもこの本をとても大切にしているみたい。いつもよく見えるところに、表紙を見せて置いてあるよ。おばあちゃんが寄付《きふ》した本だしね。この絵を描《か》いた人は、おばあちゃんの友だちで、若《わか》い時に亡《な》くなったんだって。

本の表紙をちょっとなでてから、奥《おく》に向かって、

「こんにちはー」

って、声をかけた。レモン色のワンピースを着た美月《みつき》さんが、

「いらっしゃーい」

って、にこにこしながら出てきて、店の裏《うら》を指さした。

「お待ちかねよ」

わたしは、生かわきのドライフラワーや、染物《そめもの》を干《ほ》した土間をくぐり抜《ぬ》けた。

そこで、「あっ」って、心臓《しんぞう》が飛びだしそうになった。だって、げんがいるんだもん。

回れ右して逃《に》げようとしたら、風花《ふうか》ちゃんをおんぶしたメエさんが立ちはだかって、
パチっと指を鳴らした。

「ようこそ、みのりさん」

メエさんは両手をあげて、歓迎《かんげい》のジェスチャーをした。

「きょうは、みのりさんとげんくんが、スペシャルゲストです」

メエさんは、背中《せなか》の風花《ふうか》ちゃんをひょいとゆすりあげた。風花《ふうか》ちゃんは、足をばたばたさせて、キャッキャッとよろこんだ。トウモロコシのひげみたいな髪《かみ》が、ゆらゆらおどった。

「どうぞ、どうぞ」

メエさんは、藤棚《ふじだな》の下の木のテーブルに案内してくれた。これもメエさんの手づくりだ。形のちがういすが五つ、テーブルの周りに置いてある。

「まずは、歓迎《かんげい》のティー・タイムですね」

メエさんが引っこんだら、げんが真剣《しんけん》な顔でつぶやいた。

「なにが出てくるかなあ。食べたことないものだったら、どうしよう」

心細そうで、いつものげんとぜんぜんちがう。

メエさんが入れてくれたお茶は、レモングラスとミントのハーブ・ティーだった。

それに、あんずとクルミの入ったケーキ。これもメエさんの手づくりだって。

美月《みつき》さんも、メエさんの背中《せなか》から風花《ふうか》ちゃんをだきとって、すわった。

「ハッピー・バースデー」をみんなで歌った。

それからティー・タイム。ケーキのクルミが香《こう》ばしく口に広がる。風花《ふうか》ちゃんはアンズがにがてらしい。口に入れたあんずを出して、「あいっ」とげんの口に入れようとした。げんが、目を丸くして飛びのいたから、思わず笑っちゃった。

風花《ふうか》ちゃんが、「みんななにを笑っているの？」と言いたそうに、きょとんとしたので、またまた大笑い。げんも、すっかりリラックスして、

「アバババー……」

なんて、笑わせている。

「風花《ふうか》は、げんくんが大好きみたいですねえ」

げんって、意外にあやし方が上手。風花《ふうか》ちゃんをだっこして、「オットット。オットット」と、ひょうきんにリズムをとって庭中を歩き回った。

「では、ハンモックのおひろめをしましょう」

メエさんにうながされて、くすの木の根元に行った。太い枝《えだ》の間にツリー・ハウスが乗っている。その内側のがっしりした枝《えだ》に、おとな三人くらい乗れそうな、大きなハンモックがぶら下がっていた。ところどころに、カラフルな毛糸で編《あ》んだ花がつけてある。

「さあ、いよいよ、ハンモックの初乗りですよ」

メエさんは、美月《みつき》さんを手まねきした。

「このハンモックが、わたしからの誕生日《たんじょうび》のプレゼントです。夜になると、この場所から、星がきれいに見えますよ」

メエさんは、美月《みつき》さんと風花《ふうか》ちゃんをだきあげ、ふんわりとハンモックに乗せた。そして静かにゆすった。風花《ふうか》ちゃんは安心しきって、体全体で笑っている。ハンモックにくるまった美月《みつき》さんも、幸せそうにゆれに身をまかせた。

少しすると、風花《ふうか》ちゃんは、気持ちよさそうにねむってしまった。

「次は、あなた方の番ですよ」

メエさんに言われて先を争《あらそ》って乗った。重みでバランスがくずれるから、大さわぎ。少しするとゆれもおさまり、体が網《あみ》にくるまって落ちついた。

足が小さいげんは、何度も網目《あみめ》の中に足をつっこんで、ぬくのに大さわぎ。そのたびにわたしは、おなかをかかえて笑った。笑いすぎると、こちらまでバランスをくずす。

げんも、「みのり、じゃま！」なんて言いながら、楽しそうだ。

ゆったり乗るコツがわかったので、満足したわたしは飛《と》び降《お》りた。

げんはハンモックに体を巻《ま》きつけて、ちょこんと首だけ出してごきげんだ。

なんと、そのすがたはまるでミノムシ！

そう思ってメエさんを見たら、メエさんは待っていたみたいに、ピッと指を鳴らした。

わたしの口から、かってに歌が飛びだした。

「ミ、ミ、ミノムシ　ミノリ虫　風に吹《ふ》かれて　落っこちた！　ドシン！」

「ドシン！」って時に、両手を広げて、げんのいつものしぐさのまねをした。

あの時のげんの顔ったら……。口をポカンとあけて、わたしを見た。

それから、やけくそのように後に続けた。

「ミ、ミ、ミノムシ　ミノリ虫　風に吹《ふ》かれて　落っこちた！　ドシン！」

ハンモックがゆらゆらして、迫力《はくりょく》がなかったけどね。

げんは三回めを歌い、最後に「ドシン」と、ハンモックから降《お》りた。

その後、喫茶店《きっさてん》でこけもものジュースをいただいた。

「二人ともゆっくり遊んでいってください。これ自由に使っていいですよ」

メエさんは、段《だん》ボールの箱をテーブルの上に置いた。中には、木切れやクルミのから、カラー紙の切れはしなどが種類別に仕切って入れてある。染《そ》めた糸や布《ぬの》のハギレもたくさんあった。ハサミとのりもある。

なにが作れるかなあ……。わたしはわくわくしてきた。

げんも、あれこれ手にとってながめている。

そういえば、秋の深山町《みやまちょう》図書館の五十周年記念《きねん》まつりで、バザーの手づくり品を募集《ぼしゅう》していた。

「図書館まつりのバザー用に、なにかできないかなあ」

「いいねえ」

げんはすぐにのってきた。

毛糸をながめていたら、この間、図書館で借りてきて読んだ本のことを思い出した。

『草木染《くさきぞ》めで作る小物』って本。

「いいこと考えた。この毛糸を小さく切って、ミノムシの家を作ろうよ」

「はー?」

「あのね。糸や布《ぬの》を小さく切った中に、巣から出したミノムシ入れておくと、色とりどりの家を作るんだよ。それでペンダントやお守りを作るの」

わたしは「どう？」って、得意顔でげんを見た。

「あのなあ……」

げんは言葉につまり、しばらくして真顔になった。

「ミノムシの家をかってにかえて、みのり、平気か？」

どきっとした。そんなこと思ってもいなかった。

「ミノムシだって、きれいな家に引っ越《こ》したら楽しいんじゃない？」

と言い返すと、げんは、大きく首をふった。

「そんなことない。それまで住んでた家のほうが、いごこちがいいに決まってるよ」

思わぬ大声に、わたしは口をつぐんだ。

「ま、そういうこと」

げんはあっさり言うと、また、あれこれ物色《ぶっしょく》を始めた。

結局、本のしおりを作ることにした。糸がしおりのヒモにぴったりだ。厚紙《あつがみ》に図書館にさそうキャッチフレーズと、イラストを描《か》くことにした。

げんは、ハサミの使い方なんかはらはらするほどぶきっちょだけど、おもしろいことを考える名人だ。鼻が立体的についているテングの顔とか、星の形とか、口をとがらせて作り続けた。

わたしが考えたキャッチフレーズは、

「ひとりできても、ひとりではないよ。図書館はともだち」

「図書館はあなたを待ってます。ホント（本と）だよ！」

「こまったときには図書館へ行こう。きっと答えがある！」

げんのキャッチフレーズは、「図書館はふるさと」だけ。

「ほかにはないの？」って聞いたら、きっぱり、「ない！」だって。

いつのまにか西日《にしび》がさしてきた。そろそろ帰らなきゃ。

そう思って顔をあげたら、メエさんと、まだねむそうな風花《ふうか》ちゃんをだっこした美《み》月《つき》さんが入ってきた。

「続きをしたかったら、いつでもきてね」

美月《みつき》さんの言葉に、「やったア」って、げんとハイタッチした。おみやげまでもらった。クッキーが入っている夕焼け色のポシェットだ。べに花で染《そ》めたんだって。

げんも、わたしと同じポシェットと、ビワの葉で染《そ》めた茶色のペンケースをもらった。

「げんくん、ポシェットは妹さんに送ってね」

美月《みつき》さんが言うと、メエさんは、げんの肩《かた》をそっとだいた。

「ありがとうございます」

げんは、おとなみたいにおじぎした。

その時、ようやく思い出したんだ。げんが、親や小さい妹と離《はな》れてくらしていることを……。

庭で風花《ふうか》ちゃんをだっこしていたげんは、なみだをふいていたっけ。あれは笑いすぎじゃなくって、妹を思い出していたのかも。

それに、だいじなことに気づいたの。

メエさんたちは、わたしだけでなく、げんのことも気づかっているんだって。

メエさんの家を出て、自転車に乗らずにげんと歩いた。

「いつから、どこでメエさんたちと親しくなったの？」

って聞いたら、げんはちょっと考えてから、

「福島から越《こ》してきてすぐさ。メエさんとは、図書館のお気に入りの場所が同じだもんね」と答えた。

「えー？　げんが本を読んでるとこなんか、見たことないよ」

「バーカ。本を読むばかりが図書館じゃねえぞ」

すましていうげんが、急におとなに見えた。

「ねえ。お気に入りの場所って、どこ？」

しつこく聞いたけど、げんは話をそらした。

「メエさんてさぁ、時どき指をピッって鳴らすよな。あの時、なんか空気がガラッと変わるんだよ」

「そうそう。背中《せなか》をポンっておされるみたいよね」

わたしは、素直《すなお》にうなずいた。

「じゃあな」

げんは、家の前までくると、

「ミ、ミ、ミノムシ　ミノリ虫～」

と、気持ちよさそうに歌いながら、家に入っていった。

笑いながら見送って、ふと気になった。げんはいつ、故郷《ふるさと》にもどれるのかしら。

夕焼けが広がり始め、山はしだいにくれてきた。

わたしは、自転車に飛び乗った。

「ミ、ミ、ミノムシ　ミノリ虫～」

自転車をこぐリズムに合わせ、歌いながら家に向かった。

章夫《あきお》さんの話

テングの腰《こし》かけ

わしにとって、図書館はどうも入りにくいところだったね。本好きのつれあいを車で送ると、図書館の前にあるこの石にすわって、待っていたものさ。この石は、「テングの腰《こし》かけ」と呼《よ》ばれていて、山から山を走り回っていたテングが、ときどき腰《こし》かけて休んだという、言い伝えがあるんだ。

わしは水元章夫《みずもとあきお》。七十八歳《さい》。つれあいには三年前に先立たれた。一時はひどく気落ちしたけど、今は、ぼちぼちトマトを栽培《さいばい》しているさ。

図書館に出入りするようになったのは、つれあいが亡《な》くなってからだ。遺品《いひん》を整理していたら、図書館で借りていた本があってね。そのうちの一冊《さつ》が深山《みやま》の民話集で、

「テングの腰《こし》かけ」の話が載《の》っていたというわけだ。

若《わか》いころ、つれあいが夜なべして、布《ぬの》でテングの顔をいくつも作っていたのを思い出したよ。なんでも読書会で、町に伝わる民話の分布《ぶんぷ》地図を作っているらしかった。

畑と子育てで忙《いそが》しいころだったから、「早く寝《ね》ろよ」と注意したら、

「だって、楽しいんだもの……」って、うらめしそうに言った。

その時の顔がふっと思い浮《う》かんだら、泣けてきた。つれあいは、あれからずっと、この町に伝わる民話を調べ続けていたんだなって。

で、わしが、後を引きついで、テングのことを調べているってわけだ。

今じゃ館長の真菜《まな》さんに、「テング博士」って冷《ひ》やかされてる。


図書館では、トマト栽培《さいばい》の本も借りてきてね。それが大正解《だいせいかい》で、わしのトマトは、「おひさま市場」で、甘《あま》くて安いって評判《ひょうばん》になった。

とくに根元の土の盛《も》り方とか、水やりの仕方は、本の説明が役に立った。もっとも知識《ちしき》だけじゃだめで、コツというかカンは、何度も失敗して、体験から学んだんだがね。

畑仕事のできない雨の日ともなると、図書館に一日中入りびたりだ。お茶農家の善《ぜん》さんとは、待ち合わせて将棋《しょうぎ》をしているんだ。

今でも、「テングの腰《こし》かけ」には、よく立ち寄《よ》る。長年の習慣《しゅうかん》は抜《ぬ》けないものだねえ。ここにくると、なんだかほっとする。

ほら、ここから見ると、周りの山が重なって見えるだろ。テングも、こうして山をながめていたのかねえ。気持ちが大きくなって、テングみたいにひとっ飛びしたくなるよ。

電車が、茶畑や林の中を出たり入ったりして近づいてくるのも見えるんだ。三両編《へん》成《せい》で、昔も今も一日六往復《おうふく》。電車がくると時間もわかるよ。

今、午後三時十五分。赤と青のカラフルな電車が、善《ぜん》さんちの茶畑の横を通り過《す》ぎたところだ。

ここから見えるのは、向かいの山やふもとの電車だけじゃない。となりの小学校の校庭もよく見える。ボールで遊んでいる子どもたち、元気だねえ。見ていると、いろいろわかってくるね。あの子は仲間はずれにされているなとか、あの子がいじわるしたんだな、とか。

ほら、花壇《かだん》の横で、棒《ぼう》をふり回している青いぼうしの男の子がいるだろ。「カズ」って呼《よ》ばれている。授業《じゅぎょう》中でも、教室を飛びだして図書館にやってきてしまうようだ。トマト畑の道もよく通るよ。孫のひろしと同じ二年生だからか、気になるなあ。

あ、電車が駅に着いたようだ。観光客がこないうちに、図書館に入るとしよう。

この前、館長にたのまれたんだ。

「夏休みのお話講座《こうざ》で『テングの腰《こし》かけ』のことを話してくれませんか?」って。

本気で言ったのやら、思いつきで言ったのやら。人前で話すのはにがてだし、弱ったなあ。

わしの娘《むすめ》の栄子《えいこ》は、館長と同級生だ。小さいころいっしょに図書館へ通い、お話会の常連《じょうれん》だった。おかげで本も子どもも好きになって、今じゃ、となりの市の保育園《ほいくえん》で働いている。親になった今でも、館長と仲がいい。

だから、なるべく館長に協力したいとは思っている。けどなあ。

「テングさまよぉ。おまえさまのせいで、とんだことになっちまったよ」

図書館の入り口のテングに向かって、うらみごとを言ってから、こそこそとドアを開けた。

館長は、カウンターに背筋《せすじ》をのばしてすわっていた。

これはまずい。隠《かく》れるところはないか、うろうろした。

「もしもし。章夫《あきお》さん、見ーっけ。あのこと考えてくれました?」

「館長さん、わしゃ、畑のトマトにゃ話ができるけどなあ……」

思いきり、しょぼい顔してやったよ。

「お客さんを、カボチャって思ったらどうかしら?　トマトよりちょっと大きいだけでしょ。もう、チラシの案もできましたからね」

「えーッ。返事もしてないっちゅうに」

館長は、わしの目の前に、テングのイラストのついたチラシを出した。

「テング博士・水元章夫《みずもとあきお》さんの話を聞きましょう!　おとなも子どもも集まれー!」

なんて書いてある。さらにダメおしのひと言だ。

「栄子《えいこ》さんにもメールで知らせました。ひろしちゃんを連れていく、って返事がきましたよ。パソコンで、資料《しりょう》作りも手伝ってくれるそうです」

おじいちゃんが話すとなると、ひろしもはりきってくるだろう。どうしたものやら……。

下を向いて、本の入ったバッグに気づいた。

「そうだった。この本、返すのがおくれちゃって悪かったな」

「これから気をつけてくださいね。今回はおおめにみます。そのかわり、テングのお話、よろしくお願いします」

館長は、どこまでも強引《ごういん》だ。


本を借り、外に出て、「テングの腰《こし》かけ」を見て、ぎくっとした。いかつい肩《かた》の、大きな男がすわっている。

(だれだ。わしのお気に入りの場所にいるのは……)

と思い、近づいていくと、

「わしもお気にいりの場所なんでね。あんたさんも、おすわりなさい」

その男は、わしの考えてることがわかったみたいに、体を右に寄《よ》せた。

「この辺の山は、わしの庭みたいなものでさ」

「ほう。それはうらやましい。わしは、ここで生まれ育っても、知らないことだらけだよ」

「それでもたいしたものだ。テングの話をするようじゃないかね」

「あれ？　館長の話、聞いていたのかね？」

「ほら、お客さんを、かぼちゃと思え……」

その言い方が館長そっくりなので、わしは思わずふきだした。男もカッカッカと笑った。

ふしぎだね。ずっと前からの知り合いみたいに話がはずんだよ。男は、ほんとにこのあたりの山のことを、よく知っている。どの山が一番早く紅葉《こうよう》するかとか、イノシシのなわばりとか、マツタケのとれる場所とか。

すっかり暗くなったので、しばらくだまって黒くなった山を見ていた。

「もう帰りましょうかね」

と横を見たら、あれ？　いない。

その時、空の上からカッカッカと、笑う声が聞こえた。

わしはドキッとした。テングの高笑《たかわら》い？　昔話にあるんだ。空の上からカッカッカと聞こえるのは、テングの高笑《たかわら》いだってね。そういえばあの男の鼻、やけにりっぱだったな……。

一番星がポッとうき出るようにあらわれた。そのうち、あちらにもこちらにも星がともり始め、やがて、宝石《ほうせき》をちりばめたような星空が広がった。

つれあいは、どの星になったのかねえ。

りょうの話

「ごくろうさん！」

昼休みのことだ。カズがまた脱走《だっそう》したらしい。教えてくれたのは、となりの席のげんだ。

「カズはあっちに走っていったぞ。今日は図書館、休みだよな」

げんは心配そうに言って、あごで図書館のほうを指した。

おれには手のかかる二年生の弟、和樹《かずき》ことカズがいる。

カズは、棒《ぼう》と水が好きだ。校庭で水を流しまくったり、木の枝《えだ》をふり回したり、廊《ろう》下《か》を走ったり。しかったり、おさえつけてやめさせようとすると、泣いたりさけんだり、パニック状態《じょうたい》になることもある。

そんな時、先生がなにを言っても聞かないのに、おれの言うことだけは聞くんだ。それにはコツがある。ほかのことに興味《きょうみ》がいくようにしむけたり、手をにぎってやること。おちつくまで根気強く待つだけだ。

学校のとなりの図書館は、あいつのいつもの逃《に》げ場《ば》だ。談話室のカーテンにからまって、パズルをやっているとおちつくみたいだ。

日本と世界の地図のパズルが、カズのお気に入りさ。ボロボロになったパズルを、すごい勢《いきお》いではめていく。それがすむと、あたりまえのように教室にもどっていくんだ。

つまり、図書館が開いている日は、おれの気がぬける日。

でも、今日はあいにく図書館が休みだ。

「そのうち……『マノセン』がくるぞ」

げんが言った。

「マノセン」は、カズの担任《たんにん》の真野《まの》先生のことだ。

「ほらな」

げんの視線《しせん》の先の窓《まど》に、髪《かみ》の毛《け》をさかだてた、マノセンの丸い顔が見えた。おれは、しぶしぶ教室を出た。

「それがねえ」

先生は、今にも泣きだしそうだ。

「給食の時ね、カズくんが机《つくえ》に乗って、大きな声で歌いだしたの。『降《お》りなさい』って、何度言っても聞かないから、つい『それなら、おうちに帰んなさい！』って怒《おこ》っちゃって。そしたら、教室飛びだしちゃってね」

だれもいない家に「帰れ」なんて、おれなら言わない。そんなこと言われたら、パニックになるじゃないか。

「カズくんが行きそうな場所わかる？　わたしといっしょに行ってくれる？　クラスの先生には了解《りょうかい》してもらったからね。五時間めは漢字テストの自習ですって」

マノセンは、ひたいにいっぱい汗《あせ》をかいている。

おれは、くつ箱に向かってダッシュした。

「待って、いっしょに行ってよー」

マノセンの声を無視《むし》して、くつをはき、走りだした。正門には、紺《こん》のブレザーを着た教頭先生が立っていた。

「りょうくん、ありがとう。あら？　真野《まの》先生は？」

「ひとりで行かせてください。動きやすいから」

教頭先生は、あわてて、おれの腕《うで》をつかんだ。

「ごめんね。それはできないの。真野《まの》先生がくるまで、ちょっと待っていてね」

しかたなく立ち止まった。

「どの門も鍵《かぎ》がかかっているのに……。裏門《うらもん》をよじ登ったのかしら」

「そうだと思う。カズは高いところが平気だもの」

教頭先生は、うなずいた。

「えらいわね。りょうくんはカズくんのこと、なんだって知っているんだね。だから、おにいちゃんの言うことなら聞くのね」

おれはだまっていた。「えらい」からじゃない。自分がこまるから、知らないうちに、カズとのつき合い方がわかってきただけだ。

マノセンが、ようやく追いついた。カズの顔写真を持っている。

カズは八の字まゆ毛で、ほっぺたが落ちそうに丸い。その写真を見たら、もう、じっとしていられなくなった。

校門を出て走りだした。マノセンは、息を切らしながらついてくる。

まずは通学路をもどってみた。途中《とちゅう》、自転車に乗った養護《ようご》の先生とすれちがった。

「いつも遊ぶ公園とか、教えてくれる？」

養護《ようご》の先生は地図に印をつけて、また自転車に飛び乗った。

カズが行きそうなところ……。

走りながら考えていたら、はっと思いあたった。カズは、水が大好きだ。小さいころよく連れていった、音羽《おとわ》の滝《たき》の支流《しりゅう》の狭《せま》い川。

「音羽《おとわ》公園の手前の六地蔵《ろくじぞう》のところを左に曲がって、農道の終わりあたりにいると思います」

マノセンの手から、汗《あせ》でぬれた写真をうばいとって、ダッシュした。

「車に気をつけるのよ。追いかけるから」

マノセンが、後ろから、声をからしてさけんだ。

どの畑も、ぎらぎら照りつける太陽の下で青々と茂《しげ》っている。

途中《とちゅう》のトマト畑に、色の黒い、やせたおじいさんがいた。

「あの……こんな顔の子、見ませんでしたか？」

「ああ、カズくんね」

おじいさんは、写真を見て笑顔《えがお》になった。

「カズのこと、知ってるんですか？」

おじいさんは、笑いながら続ける。

「さっき元気に走っていったよ。トマトをあげたら、『トマトのおじいちゃんありがとう』だって。この一本道をまっすぐ行ってごらん。きっと、どこかで遊んでるよ」

わけを話すと、おじいさんは真顔になった。

「そうだったのか。後でようすを見にいこうと思ってたんだが、おにいちゃんが行ってくれれば安心だ。それにしてもおにいちゃん、よくめんどう見て、ごくろうさん！」

おじいさんは、目を細めておれを見た。「えらい」ではなく、「ごくろうさん！」と言われたので、ふっと気持ちが軽くなった。

「ちょっくら待ちな」

おじいさんは、熟《う》れたトマトを二つくれた。

後で先生がくることを伝え、トマトをもらった。

トマトは、ひなたのにおいがする。走りながらかじったら、甘《あま》い汁《しる》が、かわいた口の中を、みずみずしく満たした。

二つめのトマトを食べ終わった時に、小川のわきの作業小屋が見えた。ぐるっと小屋を回って、足を止めた。

小川に向かって、カズがしゃがみこんでいる。後ろからのぞくと、シイタケ入れのパックを次つぎに流していた。パックには、葉っぱや野の花が入っている。おれは、そっと肩《かた》をたたいた。

カズは、ぴくっとしてふり向いた。

「あ、おにいちゃん！　見てみて。お舟《ふね》だよ。お舟《ふね》に乗った水の子が、カズにバイバイしているよ」

言われてみれば、パックの舟《ふね》は、ゆらゆらと光の輪を川面《かわも》に投げかけている。それがさらに反射して、木の葉や花の上で小人がゆらめいているように見えなくもない。

「これは農家の人のだいじなものだ。だまって使っちゃいけないよ」

静かにさとす。カズはすなおにうなずいて、

「おにいちゃんも、水の子にバイバイしなよ」

と、遠ざかる光の輪に手をふった。

おれもいっしょに手をふった。

「もう帰ろう」

残りのパックを小屋に返し、カズの手を引いた。

ぬれたくつが、近くの草の上に放《ほう》り投《な》げてあった。カズは、ぬれたものを身につけるのをいやがる。案のじょう、くつをはきたがらない。

「しかたないなぁ。おぶってやるよ。ほら」

しゃがむと、カズはすぐに背中《せなか》にかぶりつき、甘《あま》えて顔をこすりつけてきた。

くつを下げてカズを背負《せお》い、うつむいて歩き始めた。陽《ひ》ざしはさらに強くなってい

た。燃《も》えるような深い緑。草いきれのにおいが鼻いっぱいに広がった。

すぐに背中《せなか》で、規則正《きそくただ》しい寝息《ねいき》が聞こえ始めた。どーんと重くなったカズを、かきあげるように背中《せなか》にくっつけ、前かがみに歩いた。

汗《あせ》が、顔からも体からもふきだした。

「重いだろ」

という声に顔を上げると、農道のまん中で、さっきのおじいさんが立っていた。

「乗りな。トマトもいくらでも食べていいぞ。なんせ、売るほどあるからな」

おじいさんは、じょうだんを言いながら、荷台の若草色《わかくさいろ》の図書館バッグをよけて、場所をあけてくれた。

コンテナに入ったトマトは、向こうが見えないくらい積んである。

カズを前にかかえなおし、荷台にしゃがんだ。コンテナによりかかったら、くいこんでいたカズの重みが半分に減《へ》った。

おじいさんは、支柱《しちゅう》にかけてあった手ぬぐいを取りにもどり、

「汗《あせ》ふきな」

と、投げてくれた。それからエンジンをかけた。

バルバルバルバル……

トラックは、こわれたラッパのような音で走りだし、すぐに止まった。汗《あせ》だくのマノセンが、スマホを持った手をあげている。

おじいさんは、「農道の終わりまでな」と、助手席のドアをあけた。

「よかったア。ありがとうございます」

と、マノセンは、泣きそうな顔をして、助手席に乗った。

バルバルバルバル……

トラックは、左右に大きくゆれる。

そのゆれに体も心もまかせ、汗《あせ》をぬぐった。おじいさんの手ぬぐいは土と草のにおいがした。

トマトのおじいさんの名前を知ったのは、図書館の「夏休みのお話講座《こうざ》」のチラシからだ。

「図書館前の大きい石をごぞんじですか？　あれが『テングの腰《こし》かけ』です。その秘《ひ》密《みつ》を、深山町《みやまちょう》のテング博士・水元章夫《みずもとあきお》さんに聞きましょう！」

チラシには、あのおじいさんの照れくさそうな写真があった。

講座《こうざ》は、七月最後の日曜日。

カズを連れていってみた。どきどきしながらのぞくと、和室の会議室に、びっしり人が入っている。廊下《ろうか》には車いすのお年よりたちも並んでいる。きっと、音羽《おとわ》公園の近くにある介護《かいご》施設《しせつ》の人たちだ。

まん中あたりにすわっていたげんが、横をあけてカズに言った。

「こい！」

カズはちゃっかり、げんのあぐらの中にすわった。

章夫《あきお》さんは、白いワイシャツを着て、まじめな顔をして前のいすにすわっている。

館長さんの司会で、いよいよ始まった。

章夫《あきお》さんが、気をつけの姿勢《しせい》で立ちあがると、カズがいきなり、

「トマトのおじいちゃん、がんばれ！」

と、さけんだ。

章夫《あきお》さんは口をとがらせて、「おー」と手をあげた。

客席がどっとわいた。

章夫《あきお》さんは、緊張《きんちょう》がとれたみたいにほおをゆるめた。

係りの人が、プロジェクターの電源《でんげん》を入れた。「深山町《みやまちょう》に伝わるテングの話」というタイトルが、正面のスクリーンに大写しになった。

みんなの目が、いっせいに画面に吸《す》い寄《よ》せられ、章夫《あきお》さんは話し始めた。

深山町《みやまちょう》の今と昔の風景のちがいから始まり、「テングの腰《こし》かけ」の石は、いつごろからあったのか。どんな話が伝えられているのか。その話は、地域《ちいき》や時代によってどうちがうのか……。テングの話はこの町だけではなくて、全国に伝わっているそうだ。

げんがいるのでカズを気にせず、安心して聞けた。

図書館の玄関《げんかん》に飾《かざ》られたテングの面が大写しになって、話は終わった。ほっとしたように首をすくめる章夫《あきお》さんを、大きな拍手《はくしゅ》が包《つつ》んだ。

その後、ブックトークがあって、職員《しょくいん》の尚美《なおみ》さんが、テングに関連した絵本、児童書、伝説や民話の本などを紹介《しょうかい》してくれた。

その中に借りたくなった本があった。『テングは笑うか？』という本で、テングと少年が、原っぱで出会うところから始まる物語だ。すぐにでも続きが読みたい。

閉会《へいかい》のあいさつがあってすぐに、章夫《あきお》さんが、のそっと腰《こし》を上げた。

「すみません。あの……最後に……ひとこと……」

章夫《あきお》さんは、まぶしそうにげんとぼくのほうを見て、つっかえながら言い足した。

「深山《みやま》を飛び回っているテングは、いつも……みんなのことを見ています。だから……たいへんなことがあって、がんばっている時には……」

そこで言葉につまった章夫《あきお》さんは、上を向いたり下を向いたりしていたが、姿勢《しせい》を正すと大きな声で、

「『ごくろうさん！』って、言ってます。いや、言っていると思います」

と、言い足しておじぎした。なごやかな笑い声と拍手《はくしゅ》が会場いっぱいにひびいた。

カズが、急に立ちあがって、人をかきわけ廊下《ろうか》に飛びだした。カズのやつ、なにをするつもりか。あわてて後を追い、すぐに足を止めた。

カズは、汗《あせ》をふきながら廊下《ろうか》に出てきた章夫《あきお》さんの腰《こし》に飛びついたのだ。章夫《あきお》さんは、よろけながらカズをだきとめた。

ひなの話

ひとりの時間

わたしは安田ひな。六年生で、母と二人ぐらしだ。

母はスーパーで働いているので、夕方まで家にいない。だから、カナ一家が、「山の家」の職員寮《しょくいんりょう》に引《ひ》っ越《こ》してきた時にはうれしかった。二年前のことだ。

カナは母親と、菓子折《かしお》りを持ってあいさつにきた。白い帽子《ぼうし》をかぶって、短いジーンズを、かっこよくはいていた。わたしは、カナに合わせ、同じような服に着替《きか》え、白い帽子《ぼうし》をかぶった。そして、手をつないで公園に飛びだした。

それからは、二十分かかる学校の行き帰りもいつもいっしょだった。

あんなに仲がよかったのに……。

一学期の終わり。カナと気まずいことがあった。原因《げんいん》は、児童会の役員で遅《おそ》くなるカナを、わたしが待っていなかったから。

わたしは、図書館で本を読んだり、オーディオ・コーナーでアニメをみていれば時間なんて気にならない。でも、その日、図書館は閉《し》まっていたんだ。

たまたま会った児童会役員の子に、「先に帰るってカナに伝えてね」とたのんだ。

「そんなこと、聞いてない」とカナは言った。

たのんだ子が忘《わす》れたのか、本当のところはわからない。けれど、それからずっとカナはふきげんで、声をかけてもそっぽを向いてしまう。そして、すぐに、ほかのにぎやかな子たちのグループに入った。

学校の行きも帰りもひとりになった。元にもどった、と思うことにした。

大好きな本の主人公の口ぐせが、ふっと頭に浮《う》かんだ。

「傷《きず》つくことを覚悟《かくご》していれば、なにごともものりきれるものよ」

その言葉を、何度もかみしめた。

そのうち、夏休みに入ってしまった。ひまをもてあまして、しょっちゅう二階の窓《まど》から音羽公園《おとわ》をながめている。そして、すぐに気がついた。なくなっている。カナと作った秘密《ひみつ》のポストが……。

秘密《ひみつ》のポストを置いたのは、半年前だった。場所は、公園の生け垣《いがき》のひいらぎの木の内側。ひいらぎには小さなとげがあるから、だれにもさわられない。お菓子《かし》の入っていた小さな木の箱を、表側をオレンジ、裏側《うらがわ》を黄緑にぬった。ふたがはずれないように、幅《はば》の広いゴムをはめた。

「ひな、連絡《れんらく》とか手紙でしない？」と言いだしたのはカナだ。

カナの家は、公園をはさんで、ちょうど、わたしの家の真向かいにある。二人の家のどちらからも見えるのに、他のだれにも見つからない場所を探《さが》すのに、二日間かかった。

「あたしが手紙を入れた時はオレンジ、ひなの時は、黄緑を上にして置いておこうね」

と、カナは言った。

ポストを作ることも、とげを気にしながら手紙を取りだすことも、手紙を読むことも、わくわくした。

生け垣《いがき》の中に、オレンジ色がちらっと見えると、走って公園に行った。

カナはいろんなことを知っている。本やマンガのこと、音楽のこと、テレビのこと、ファッションのこと。カラーのイラストまで入った丸文字を、何度も読み直した。

わたしの話題は公園のことが多かった。

「夕暮《ぐ》れに、すべり台の上でフルートをふいている男の人がいるの。うっとりするほどきれいな音色よ。その人は、レンタルショップで働いているんだって！」

「池に人の顔のもようの鯉《こい》がいたよ！　いきなり目があって、びっくり！」

「雨が降《ふ》る前の日は、公園の土が湿《しめ》ってくるんだよ」

書き始めると、公園のいろんな風景が次つぎに浮《う》かぶ。

公園に続く山すそを登れば、音羽《おとわ》の滝《たき》がある。「星空がきれいな町」に認定《にんてい》されてから、民宿や学生向きの宿泊施設《しゅくはくしせつ》もできた。そばに、介護施設《かいごしせつ》の「みやま園」もある。早朝や夕方には、合宿中の高校生や大学生が、公園のまわりを走っている。夜の公園は、星空を見にくる人たちでにぎわう。

でも、暑い盛《さか》りは公園にくる人も少ない。そう思っていたら、話し声でにぎやかになった。窓《まど》からのぞくと、親子連れやお年寄《としよ》りが十人くらい、道のわきの木陰《こかげ》でしゃべっている。どの人も、若草色《わかくさいろ》の図書館バッグを持っている。

そうだ、ここには移動《いどう》図書館車がくるんだった！　最近、学校の帰りに図書館に寄《よ》るから、すっかり忘《わす》れていた。

「みどりの朝」の音楽が軽快《けいかい》に聞こえ始め、本と木の葉の絵が描《か》いてある軽トラックが止まった。

あ、きょうは宮本さんだ！

職員《しょくいん》の名前は、みんな知っている。でも、若《わか》い男性《だんせい》は宮本《みやもと》さんだけだ。中・高校生向きの新聞「道くさ」で、いつも新刊《しんかん》書を紹介《しょうかい》してくれる。

わたしは、その投書コーナーに「いずみ」というペンネームで、本の感想や詩やイラストを投稿《とうこう》している。それに返ってくるコメントを読むのが楽しみだった。それを書いているのは、多分、宮本《みやもと》さんだ。イニシャルMのサインがあるもの。

だから、移動《いどう》図書館車にも「道くさ」があるのか気になった。

わたしは、返す本をバッグに入れて、階段《かいだん》をかけおりた。

図書館車は、荷台の囲いをはずすと、本が手に取れるようになっている。

宮本《みやもと》さんは、パソコンなどの入ったコンテナを降《お》ろし、てきぱきと準備《じゅんび》を始めた。待っていた人たちが、話しながら手伝っている。

宮本《みやもと》さんは木の陰《かげ》に小さな机《つくえ》を出して、折りたたみのいすにすわった。

「あ、ひなちゃん。夏休みだから、中・高生向きの本をいっぱい持ってきたよ。新刊《しんかん》本もあるよ」

宮本《みやもと》さんが指さしたコーナーに、わたし好みのファンタジー小説が数冊並《さつなら》んでいた。「中・高生向き」と言ってくれたのが、ちょっとうれしい。

好きな作家のファンタジー五冊《さつ》と、エッセイ集を選び、手続きに行った。机《つくえ》の上のラックの中に、図書館や役場のお知らせのチラシが、整理しておいてあった。

「道くさ」もあった！

さり気なく「道くさ」を抜《ぬ》き取り、バッグに入れた。

家にもどり、まっ先に投稿欄《とうこうらん》に目を通す。「いずみ」の書いた本の紹介文《しょうかいぶん》も載《の》っていた。その後ろにMのサインで、

「いずみさんの紹介文《しょうかいぶん》は、その本のどこがおもしろいかよくわかるから、とても読みたくなるね」

と、書いてあった。この短いコメントが、どんなにうれしいか、宮本さんは知っているのかしら？

それから、新聞にはさんであったチラシを見た。

――エッセイ募集《ぼしゅう》！『あなたはこの町のどこが好き？』

深山町《みやまちょう》のあなたの好きな場所について、エッセイを募集《ぼしゅう》します！

作品は文集にして、図書館まつりで希望者に配布します。

ペンネームの応募《おうぼ》でもＯＫです！　締《し》め切《き》りは九月末。

さらに自治会では、図書館まつりで、深山町《みやまちょう》の大きな地図を作成《さくせい》し展示《てんじ》します。町の施設《しせつ》、観光地や星の観察スポット、民話や伝説の誕生《たんじょう》の場所が一目でわかります。

さて、あなたは、この町のどこが好き？
図書館まつりの日。地図に、あなたの好きな場所をシールで貼《は》ってみませんか？
主催《しゅさい》・深山町《みやまちょう》自治会・ミヤマップ（深山町《みやまちょう》地図）作成委員会
共催《きょうさい》・深山町《みやまちょう》図書館友の会・深山町《みやまちょう》立図書館

どくどくと胸《むね》が高鳴った。好きな場所はすぐ浮《う》かんだ。もともと、書くのは大好き！

ペンネームでいいのも気が楽だ。わたしは、すぐにえんぴつをにぎった。


——音羽《おとわ》公園が好き！


好きな場所は、音羽《おとわ》公園です。私の家のすぐ前にあります。

公園のすみっこのあずまやの竹のいす。ここがわたしのとくにお気に入りの場所。それも人がいない時がサイコーで、雨の日はもっと好きです。

雨だれの音って、音楽みたい。『ピ、ツンツン』ってやさしい音のこともある

けど、『バシバシ』ってバチでたたくみたいに力強い時もあります。

音楽といえば、夕暮《ぐ》れにすべり台の上から、フルートの美しい音色が流れてきます。そのバックミュージックを聞きながら、窓《まど》から公園の景色や暗くなっていく空をながめるのも、大好きな時間です。

父は、三年前に病気で亡《な》くなりました。この公園には、父との思い出も、いっぱいつまっています。

赤ちゃんの時に、父と公園デビューしたそうです。父は入院する前に、「ひなもパパも、だいじなことは、みーんな公園で教えてもらった」って、そのころのことを話してくれました。

わたしが赤ちゃんだったころ、父は失業中でした。

公園には母親ばかりで、輪に入りにくかった父に、話しかけてくれたのは野村さんというおばあちゃん。野村さんは、前からここに住んでいる旧家《きゅうか》の人で、顔も広いし、いろんなことを知っていました。

移動《いどう》図書館車がくると、集まった親子に絵本を読んでくれたのも野村さん。だれにも親切な人だったそうです。

おかげでわたしも、公園の人気者になったんですって。公園に行くと、年上のお姉さんたちが、ティッシュを持って、競《きそ》って走りよってきたそうです。わたし、赤ちゃんの時に、いつも鼻水たらしていたから。

野村さんとは、四年生の時に再会《さいかい》しました。

わたしは、たんぽぽの茎《くき》の笛をふきながら、あずまやで、図書館で借りた本を読んでいました。そこで声をかけられたのです。

「あなた、ひなちゃん？」

最初は、野村さんだということに気づきませんでした。すっかり白髪《しらが》になっていて、すごく年をとって見えました。

「バッグに書いてある名前でわかったわ。大きくなったわねえ」

野村さんは、なつかしそうにわたしを見つめました、

「ここにすわっていい？」

わたしがうなずくと、野村さんは、大きなバッグから本を出しました。図書館

のシールがはってあり、そのころ話題の小説でした。

本を開きながら、

「ひなちゃんは、ひとりでも平気！　って感じで、すてきね」

とつぶやきました。

わたしは、いつもひとりでいることを見られていたと知って、はずかしかったです。でも、野村さんは、心からそう思っているようでした。

「友だちといっしょでなくちゃ、なにもできないって子もいるけど、あなたは、ひとりでも楽しめるのよね」

と、目を細めて言いました。

それから、何度も野村さんを見かけました。あずまやや、お砂場《すなば》の横のベンチにすわって、字の多い本を読んだり、編《あ》み物《もの》をしたりしていました。時どき、よその赤ちゃんをだっこしていました。

音羽《おとわ》公園にいると、今でも、父と野村さんに見守られているような気がします。

ここまで書いて、わたしはえんぴつを置いた。

「あなたは、ひとりでも楽しめるのよね」

という野村さんの言葉が、さざ波のようにひたひたと、心を満たしていく。

それは、魔法《まほう》の言葉だった。今もまた……。

そういえば、野村さんにずっと会っていない。公園でも見かけなくなった。今、どこで、なにをしているのかしら。

わたしは、視線《しせん》を公園の中央に移《うつ》して、ハッとした。

噴水《ふんすい》のしぶきをあびて、二人の少女がむじゃきに水をかけっこしている。おそろいの白い帽子《ぼうし》。Tシャツにデニムの短パン。それは、まるで昔のわたしとカナのようだ。

楽しかった時間はたしかにあったのだ。あの子たちのように……。

「ひとりでも、平気」

小さい声で言ってみた。

「本があれば、なお平気」

わたしは窓辺《まどべ》にもたれ、新刊《しんかん》の香《かお》りのする図書館の本を開いた。

宮本《みやもと》さんの話

本がなくてもいい？

東京生まれで東京育ちのぼくは、山里のくらしにあこがれていました。おだやかなこの町の人と本に囲まれて、このうえなく幸せな毎日を送っています。

ぼくは宮本稔《みやもとみのる》。深山町《みやまちょう》図書館ではただひとりの男性職員《だんせいしょくいん》で、三十歳《さい》。この年で正《せい》規《き》の図書館職員《しょくいん》ということは、奇跡《きせき》に近い幸運なことなんです。司書の資格《しかく》をとっても、正規《せいき》で雇《やと》われるのはむずかしいんです。

そんなぼくにも悩《なや》みはあります。どうしてもにがてな人がいるんです。

それがハルおばあさん。ハルさんは図書館の南側、坂のとちゅうの家でひとりぐらしをしています。あの猛烈《もうれつ》なエネルギーと、口の悪さには、ちょっと……いや、とうていついていけません。

日曜日の朝は、出勤《しゅっきん》の足がどうしても重くなります。ハルさんの青空じまん市は、毎週日曜日に店開きするからです。場所は駅と図書館の中間にある広場の、大きなしだれ桜《ざくら》の下。

ぼくは駐車場《ちゅうしゃじょう》に車を止めて、しばらく車の中にいます。ハルさんと話さなくてすむタイミングを待つ習慣《しゅうかん》が、身についてしまいました。

ハルさんは、もうシートに野菜を並《なら》べ、お客さんを待っています。野菜やみかんのほかに、らっきょう、こんにゃく、梅干《うめぼ》しなどの手づくり品も並《なら》んでいます。

飼《か》いネコのサスケが、木の根元で丸くなって、ふてぶてしい顔でまわりをながめています。ハルさんが、ポケットから煮干《にぼ》しを出して、「ほらよ」と投《な》げました。サスケは、どたどたと一メートルくらい先に落ちた煮干《にぼ》しをくわえ、もとの位置にもどって、ゆうゆうと食べ始めました。

サスケもにがてなんです。だって、性格《せいかく》も体つきもハルさんにそっくり。ほら、ペットは飼《か》い主《ぬし》に似《に》るっていうでしょう?

ハルさんに見つかると、

「ほーい、そこの図書館職員《しょくいん》。本ばっかり読んでちゃ、体に毒だ。どうせ、ろくなもん食べてないら。お日さまいっぱい、ビタミン愛たっぷりの野菜を買っていきなさい」

なんて、ほしくもない野菜を、おし売りされるんです。アパートでひとりぐらしをしているぼくは、ほとんど料理をしません。スーパーでは、すぐに食べられるものを売ってますからね。

いい具合に、ふもとからきた電車が到着《とうちゃく》しました。

ハルさんが観光客に気をとられているうちに、通り過《す》ぎるとしましょう。

ハルさんは声をはりあげています。

「ほーい。そこの山ガール。甘《あま》いミカンを買っていかないかね。山のてっぺんで食べてみなさい。帰るころにゃ、もっとべっぴんさんになっているさ」

重そうなリュックをゆすり、大笑いしながら近づいてきたのは、ハルさんよりちょっとだけ若《わか》そうな数人のおばあさんたち。

「これ以上べっぴんさんになったら、テレビ局からスカウトされるわね」

と、笑っていたひとりが、

「これ、もらうわ」

と、ミカンが六こ入った袋《ふくろ》を、持ち上げました。

「ありがとさん。一袋《ふくろ》三百円！　ついでに、これも買ってきなよ。今買っておかないと、帰るころにはないよ」

ハルさんは、梅干《うめぼ》しやこんにゃくなど指さして、いばっています。

「荷物になるわねえ」

迷《まよ》っているお客さんに、ハルさんは、あっけらかんと続けます。

「心配いらないよ。図書館のロッカーに入れていきな。無料だから。ついでに観光案内の地図をもらってくといいよ。あ、お茶もただで飲めるから」

（ったく。また、そんなこと言って……。観光案内の宣伝《せんでん》はいいとして、あのロッカーは図書館の利用者が使うものですよ）

と思ったけど、さわらぬ神にたたりなし。聞こえないふりをして、しのび足で後ろを通り過《す》ぎました。

（ハルさん。お茶とトイレとロッカーだけじゃなく、本も利用してくださいよ）

心の中で、おもいきり文句《もんく》を言いながらね。

いつか、「郷土料理《きょうどりょうり》を楽しむための本選び講座《こうざ》」のチラシを渡《わた》したら、

「本なんかより、わたしの知恵《ちえ》のほうが、よっぽど役に立つわい」

と、チラシはその場で野菜の包み紙になってしまいました。それ以来、図書館のチラシを持ち去っては、売り物の包み紙にしているハルさんです。

「やめてもらえますか」と言ったら、

「図書館の宣伝《せんでん》をしてやっているだよ。文句《もんく》あるかね？」と、開き直られました。


図書館に入ったら、館長が待ちかまえていました。

「おはようさん！」

館長が「おはよう」でなく「おはようさん！」という時は、たのみごとと決まっています。

「宮本《みやもと》さん、おねがいがあるんだけど……」

ほらね。ぼくは身がまえました。館長は、よく新しい仕事を作るんです。

「今年は開館五十周年でしょ。行事の多いこのチャンスに、利用者をひとりでも増《ふ》やしたいのよ。今まで利用したことがない人を図書館ファンにしてしまうの。名づけて一本づり作戦！　あなたの担当《たんとう》はずばり……ハルさん！」

「ヒェー。むり、むり」

必死で手をふると、館長は、からかうように言いました。

「わたしは、自治会長さんに挑戦《ちょうせん》しようって思っているの。どう、担当《たんとう》変わる？」

やれやれ。自治会長といったら、図書館にくるのは文句《もんく》を言う時ばかりです。

この前は、

「駅のトイレに図書館の本が落ちてたぞ。図書館の指導《しどう》はどうなっているんだ」

と、しかられました。それなのに、何回きても、一度も本を借りたことがないんです。

「さて、どちらが成功するか……。楽しみ、楽しみ！」

館長は歌うように言いながら、新聞コーナーに行ってしまいました。

しぶい顔で職員室《しょくいんしつ》に入ったら、先輩《せんぱい》司書の安東《あんどう》さんと目が合いました。

「館長に言われたでしょう?」

安東《あんどう》さんは、いつもお見通しです。

「わたしの担当《たんとう》は、五・六年生全員よ」

「えーっ?」

「ふふ。調べ学習コンクールに全員参加!」

安東《あんどう》さんはすずしい顔をしています。

「でも、ひとりでがんばらずに、学校の図書館の先生に協力してもらうわ」

なるほど。さすが、人脈もキャリアも豊富《ほうふ》なベテラン司書さん。ぼくにアドバイスまでしてくれました。

「まずはサスケとなかよくなることね」

ネコ好きの安東《あんどう》さんは、野菜を買うついでに煮干《にぼ》しを持っていくそうです。

「ハルさんにはないしょだけど、わたしは『サスケ』でなく、『ミーナ』って呼《よ》んでいるわよ。娘《むすめ》の愛称《あいしょう》よ」

「ミーナ」と呼《よ》ぶと、にっこり笑うそうです。サスケが笑う? まさか……。

二日後。仕事帰りに勇気をふるって、ハルさんの家を訪《たず》ねてみました。

ひさしの下に、野菜とわらくずが散らばっていました。

「ハルさん、こんにちは！」

気持ちをふるい立たせて、大声でさけんでみました。

玄関《げんかん》は開いているのに、ハルさんの姿《すがた》が見えません。土間のゴザの上に丸まっていたサスケが、ぎろっとにらみました。用意してきた煮干《にぼ》しをいそいで投げました。

サスケは用心深くにおいをかいでから、さっと口にくわえ、ぼくのズボンをこすって、外に出ていきました。

仏壇《ぶつだん》の上のかもいに、額《がく》に入った写真が二枚《まい》ありました。一枚《まい》は白髪《しらが》のおじいさんの白黒の写真で、もう一枚《まい》は、背広《せびろ》を着た若《わか》い男の人のカラー写真です。きっと、おじいさんのほうはご主人でしょう。背広《せびろ》の人は目元がハルさんに似《に》ています。もしかして、息子《むすこ》さんかもしれません。

ぼんやり見ていたら、肩《かた》をぽんとたたかれました。

「図書館職員《しょくいん》。野菜でも買いにきたかね」

青菜の入ったザルをかかえたハルさんは、腰《こし》をのばしてぼくを見あげました。

「いえいえ。きょうは図書館まつりの相談にうかがいました」

「なんだって？　図書館でおまつりがあるのかね？」

「はい。神社のおまつりじゃあなくて、図書館開館五十周年のおまつりです」

「ほう、そういうものかね」

「一か月後の十一月にあるんですけどね。『おひさま市場』の人たちが、山菜入りのしし鍋《なべ》と特産のこんにゃく料理を作ってくれるそうです。それで、ハルさんにこんにゃくづくり講座《こうざ》の先生になってほしいのです」

「なんだって？　わたしが先生？」

「そうですよ。なんてったってハルさんの腕《うで》は、本より確《たし》かですからね」

考えぬいた、とっておきのセリフを言いました。

思ったとおり！　ハルさんの鼻がふくらみましたよ。

「図書館職員《しょくいん》。ようやくわかってくれたかね。本なんか、長年のわしの体験にはかなわないさ。な、サスケ」

ハルさんは、いつのまにかすり寄《よ》ってきたサスケをだきあげました。

サスケは「ミャア」とダミ声で返事しました。

それからのハルさんの、いばることいばること。

「図書館職員《しょくいん》、今から車を出してくれるかね。どうせ暇《ひま》だろ?」

「はいはい。それにしても、ぼくの名前は宮本《みやもと》ですよ」

「そうか。じゃあ、これからは宮《みや》さんと呼《よ》ぼう。神様みたいでよろしい。おまつりにゃ、ぴったりの名前だ」

「まぁ、いいです、宮《みや》さんで……」

さっそく山に行って、こんにゃくいもを掘《ほ》らされるはめになりました。急な傾斜《けいしゃ》で、足をふんばって鍬《くわ》をふるうのは大仕事でした。

「宮《みや》さん。そんなへっぴり腰《ごし》じゃあ、だめだ」

「いもを傷《きず》つけるなよ」

ハルさんは言いたい放題です。それにしても、こんにゃくいもが真っ黒で、ぼこぼこしているのにはおどろきましたね。

家にもどって、いもを切ると、すぐに手がかゆくなりました。

「か弱い手だのう」

ハルさんは、ビニールの手袋《てぶくろ》を出してくれました。

「ハルさんはかゆくないですか？」

「かゆいもんか」

（面《つら》の皮と同じで厚《あつ》いのですね！）

と言いたくなったけれど、あわてて口にチャック！

ハルさんは、ゆであがったいもをワシワシとにぎりつぶしました。ぼくも手伝わされました。熱いのなんの。やけどしそうでした。

それから、何度にも分けてジューサーでどろどろにし、食用の石灰《せっかい》をまぜます。

「ここはスピードが勝負だ」

ハルさんはようしゃありません。必死でこねていたら、ようやく固まってきました。

しかし、固まってしまう寸前《すんぜん》に、型に流さないといけないそうです。

ハルさんは、手ぎわよく、まな板くらいの大きさのブリキの型を用意して待っていました。ぼくは、肩《かた》をいからせて一気に流しこみました。

やれやれ。汗《あせ》をかいて、ふらふらになりました。

ハルさん、これをいつもひとりでやっているのか……。

「もう、だめだー」

ぼくは、とうとう、畳《たたみ》に寝《ね》ころがりました。

そのまましばらく、うとうとしていたようです。なにかの夢《ゆめ》を見かけたところで、ハルさんにたたきおこされました。こんにゃくのにおいがたちこめています。

「まったく、だらしない宮《みや》さんだ。ほれ、できたから食べてみなさい」

ちゃぶ台の上に、ゆずみそがたっぷり乗ったこんにゃくが、湯気を立ててお皿に盛《も》られています。

ぼくは、あつあつのこんにゃくを、ハフハフしながら口に入れました。コシコシと歯ごたえがあり、ゆずみそによく合います。三皿も食べてしまいました。

帰る時、ハルさんは、こんにゃくと青菜をさしだしました。

「おいくらですか」

するとと、ハルさんはふんぞりかえりました。

「きょうのバイト代だ。助手が病気になったら先生のわたしがこまるだろ」

それから、怒《おこ》ったように続けました。

「助手！　ひとりぐらしは、野菜が足りなくなる。後で後悔《こうかい》しないように、今からちゃんとお食べ」

帰る時、かもいの写真を、もう一度見ました。息子《むすこ》さんらしい男性《だんせい》は、病気で亡《な》くなったのでしょうか……。

ひさしぶりに、母親の声を聞きたくなりました。


三日後にも行ってみました。いよいよ、本を借りてもらう作戦その二です。

土間で寝《ね》ていたサスケは、そのままジロリとにらんだだけです。

ハルさんは、里いもをゆでていました。

「宮《みや》さん、鼻がきくねえ。このいも、うまいよ！」

「それはありがたい」

皮ごとゆでた里いもを、つるんとむいて食べました。ほっこり甘《あま》くて、それはおいしかったです。

ひと息ついてから、『作って楽しい・見て楽しい・こんにゃく料理』という子ども向けの絵本を、カバンから取りだしました。

「ハルさん、この本、こんにゃくの食べ方がいろいろ載《の》っていて、おもしろいですよ」

「ふん。絵本かい。ばかにするな」

ハルさんは、急にふきげんになりました。

「あの……。子どもの本って、わかりやすく描《か》かれているんです」

「ふん、とっととお帰り。わたしゃ今、草とりでネコの手も借りたいほどいそがしいんだ。な、サスケ」

あえなく追いはらわれてしまいました。

館長の一本づり作戦からは、抜《ぬ》けるとしましょう。それに、本はだれにも必要なものでしょうか。だれもがむりに図書館を使わなくてもいいと思うのです。正直なところ。

ところが一週間後、ハルさんが図書館で本を借りました！

教えてくれたのは館長です。

「宮本《みやもと》さん、一本づり作戦はあなたの勝ちよ。ハルさんが、きのう本を借りにきたの！『おとなが子どもの絵本を借りてもいいのかね。こんにゃく料理のことを知りたいんだ』と言って、レファレンス（調べ物の手伝い）を受けていたわよ」

「は？」

気の抜《ぬ》けた返事をしました。「勝った」なんて思えませんでしたけど……。

「そうそう」

館長は、小声になりました。

「ハルさんがね。『もともと本は読んでなかったし、若《わか》いころ、「若《わか》い翼《つばさ》の会」って読書会ができた時に、さそってもらえなかったんだ。本を読む人はえらそうで、なんだか近寄《ちかよ》りがたくてさ……だから、ずっと図書館にも行く気がしなかったね』ですって。

そんな理由で図書館にこない人もいるのねえ」

ハルさんの意外な面を、また知ったと思いました。

次の日。出勤《しゅっきん》前に青空じまん市に寄《よ》りました。

「ハルさん、なんか手伝うことありますか？　重いもの持つとか、車で運ぶとか。休みの日に手伝いますよ」

「宮《みや》さんが神様に見えるねえ」

大きい口を開けて、ハハハと笑ったあと、

「けど、今のところだいじょうぶさ。あたしにゃ、たよりになる『ネコの手』があるからね」

ハルさんは、サスケの頭をなでました。

「それより宮《みや》さん、ちゃんと食べているかね。インスタントラーメンばかりじゃないだろうね」

ハルさんは、あいかわらず、ずけずけ言います。でも、ぼくも負けていません。

「そりゃ、食べてますよ。ハルさんの助手ですからね。きょうは、ビタミン愛いっぱいの、ほうれん草とニンジンをもらうかな」

「そうこなくちゃ。わたしの野菜を食べてりゃあ、百まで生きられるよ」

ハルさんは、野菜の重さを手ではかったり、ながめたりして、品定《しなさだ》めしています。

「はいッ。これが一番ツヤがよくておいしいよ。帰りまで図書館のロッカーに入れときな」

「とんでもない。事務室《じむしつ》の冷蔵庫《れいぞうこ》に入れときますよ」

「あれ、その手があったかい。あたしもなにかの時に貸《か》してもらおうかね」

「はいはい。講座《こうざ》の時に、たっぷりとどうぞ」

「おや、そうきたかい！　宮《みや》さん」

「いやあ、職員《しょくいん》は、利用者のおかげで成長するものです」

「なんだって？」

「いやいや、館長の口まねです」

ハルさんとの会話を、楽しんでいる自分におどろきました。

ハルさんは、野菜を新聞紙でくるむと、

「あたしの野菜は、スーパーみたいにポイントは貯《た》まらんが、ビタミン愛が貯《た》まるさ」

と、いばって渡《わた》してくれました。そして、

「はい、おまけ」

と、巾着《きんちゃく》から出したおつりといっしょに、アメをひとつくれました。

「宮《みや》さん、わたしゃ、図書館の宣伝係《せんでんがかり》しながら商売しているよ」

ハルさんは、にんまり笑うと、コンテナの上を指さしました。

図書館だよりが数枚《まい》置いてあります。風に飛ばないように、葉のついたミカンが、チョンと乗っていました。

げんの話

図書館はふるさと

この図書館で、おれが気に入っているのは、本でもオーディオ・コーナーでもない。中二階・展示《てんじ》コーナーの窓《まど》から見える中庭の柿《かき》の木《き》だ。福島の家にある柿《かき》の木《き》と、枝《えだ》の広がり方や雰囲気《ふんいき》がそっくりなんだ。

おれは吉永《よしなが》げん。二年前、福島から越《こ》してきた。

原発事故《げんぱつじこ》で放射能《ほうしゃのう》に汚染《おせん》されて、住んでいた町が避難区域《ひなんくいき》に指定されたからだ。避難《ひなん》指定が解除《かいじょ》されると、おばあちゃんとおじいちゃんは、荒《あ》れほうだいの家にもどった。

「みんなが帰ってきた時に、こまらないようにしておきたいんだよ」と、「まだ放射線量《ほうしゃせんりょう》が高い」と心配する両親の反対を押《お》し切《き》った。

両親と今四歳《さい》の妹のみのりは、郡山《こおりやま》市の仮設住宅《かせつじゅうたく》に住んでいる。両親は、そこから車で一時間かかる介護《かいご》ホームで働き、みのりは、近くの保育園《ほいくえん》に通っている。

おれがどうするか、について、家族でいやになるくらい話し合った。

父さんが、「げんを外で思いきり遊ばせたいなあ」と言うと、母さんは、「それはわかるけど、でも、わたしはげんといっしょにくらしたい」と言う。そのくりかえしで、なかなか決まらなかった。

「深山《みやま》のおばあちゃんちに行く」って決めたのは、おれ。

となりの声がつつ抜《ぬ》けの、狭《せま》い仮設住宅《かせつじゅうたく》はもういやだった。どうせ学校の友だちもばらばらになっちゃったしね。深山《みやま》には休みのたびにきていたんだ。こっちのおばあちゃんたちも、「おいで」って言ってくれていたし……。

で、六年生が終わるまで、って条件《じょうけん》でこちらに住んでいる。

妹は、うるさいけどかわいかった。

別れる日のこと、今でも忘《わす》れてないよ。車に乗る前、みのりのことを、じーっと見ていた。いつもはからかってばかりいたけど、その日はできなかったんだ。

「見にゃいでよ。見にゃいでよ」

って、みのりのやつ、おれをにらんだよ。おれが後ろを向いて、駅に行く車に乗りこんでも、

「見にゃいでよ。見にゃいでよ」

って、声を張《は》りあげてさけんでいた。

こちらにきたら、クラスに妹と同じ名前の子がいた。それが、青木みのり。なんだか気になっちゃって、ちょっかいばかりだしていた。今はふつうに仲がいいよ。

学校では、歓迎式《かんげいしき》をやってくれたり、みんな親切だった。けど、特別扱《あつか》いで、おちつかなかった。学校のとなりに図書館があるので助かったよ。ひとりで行ける場所だから。

カウンターの人に、「いらっしゃい」って言われただけだ。

でも、思いがけないところで、びくっとして立ち止まったよ。

それが中二階の、「世界への窓《まど》」という展示《てんじ》コーナーだった。その時、「東北の花特集」をやっていたんだ。

さりげない感じで展示《てんじ》を見た。福島の三春町の桜《さくら》とか、花見山公園の梅とか……。

なつかしかったなあ。花の写真集、東北の観光や風土、特産物の本なども置いてあった。

福島から避難《ひなん》しているって、あまり気にしてほしくない。でも、忘《わす》れてもほしくない。おれって、そんな気持ちなんだ、ってここにきてわかった。

ふと目をあげたら、窓《まど》の向こうにその柿《かき》の木《き》があった。

あれから、よくここにくる。

展示《てんじ》は、時どき内容《ないよう》が変わる。熊本《くまもと》の地震《じしん》の時には熊本城《くまもとじょう》の特集だった。

ノーベル賞受賞者の国のことか、竜巻《たつまき》の被害《ひがい》があった国とか……世界の旬《しゅん》の話題も、ここでわかるんだ。

そうそう、つむぎ堂のメエさんとも、よくここで会うよ。展示《てんじ》と窓《まど》の向こうの、両方が見えるソファが二人の指定席さ。展示《てんじ》を見ながら、いろんな話をするよ。メエさんは、なんでも聞いてくれる。福島で体験したことも、妹のことも……。図書館で「干《ほ》し柿《がき》をつくろう！」て、チラシを見たのもこの場所だ。開館五十周年記念まつりのバザーで売るんだって。

すぐ手をあげた。干《ほ》し柿《がき》づくりは家でよくやっていた。おじいちゃんがはしごかけて木に登り、とった柿《かき》の実を下で受け取るのがおれの係り。むくのはおばあちゃんで、ひもに結びつけるのが、おれとおじいちゃんの仕事だった。

りょうをさそった。りょうの弟のカズもくるはずだ。カズ、おれになついてるし……。

干《ほ》し柿《がき》づくりに集まったのは、二年から六年までの十人だ。

用務員《ようむいん》のおじさんと宮本《みやもと》さんが柿《かき》をとって、みんなで皮をむいた。皮むき器でズリズリってやるだけだから、かんたんかんたんたん。でも、手がベタベタになって、大さわぎだった。

「ゲーッ」

って、へんな声がしたので見たら、カズが柿《かき》をかじっていた。りょうがすぐにティッシュで口の中をふき、水飲み場に連れていった。

カズはしばらくペッペッと、つばをはいていた。りょうは、

「この柿《かき》、カズがもらっていいですか」

と、職員《しょくいん》の尚美《なおみ》さんにたのんだ。

歯型のある柿《かき》はカズのものになって、カズは、うれしそうに手の上でころがしている。つばだけじゃなくて、手あかまでつきそうだ。

二年生の女の子が、「あたしもほしい」って言ったから、どの子も一こずつ自分用の柿《かき》をもらった。残りをバザーで売ることにした。

みんな自分の柿に、目印のリボンや色テープをつけた。柿《かき》に、名前までつけて盛《も》り上《あ》がったよ。「カキ　クケコ」とか、「しぶい　かきよ」とか。

カズは、「べらべら」だって。りょうは、名前なんかつけないだって。クールなやつだ。

おれ？「はやく　たべたろう」さ。

十こずつひもでくくったものが十五本できて、日当りのいい窓《まど》ぎわにつりさげた。

みんな、なんのうたがいもなく、食べるのを楽しみにしている。でも、おれだけは、それが「あたりまえ」じゃないって知っている。

家の柿《かき》の実は、いつになったら食べられるんだろう。放射能《ほうしゃのう》に汚染《おせん》されているって聞いても、それは目に見えない。食べたらどうなるかだって、わからない。それに人間が食べなくても、今ごろ鳥がつついているだろう。その鳥はどうなるんだろうか……。

次の日、図書館に行ったら、カズが「べらべら」を、そっとつついていた。指にぬるぬるの汁《しる》がつくと、

「ぜったい、まだ食べないからね」

と言って、ズボンで指をふいていた。そして、「べらべら」がつりさがっているひもをゆらしていた。

りょうは、カズがずっと柿《かき》をさわっているから、その時間は自由に本が読めるってよろこんでいる。きのうは、宇宙《うちゅう》のむずかしそうな本を読んでいたよ。

一週間もすると、干《ほ》し柿《がき》は表面が固くなってきた。福島のおばあちゃんが、「もんでやると、やわらかくできる」って、よく言ってたから、図書館にくるたびにさわっている。

風のない静かな午後、いよいよ干《ほ》し柿《がき》をはずすことになった。

販売用《はんばい》はビニール袋《ぶくろ》に三こずつ入れ、色リボンで結んだ。

「自分の柿《かき》は食べてもいいわよ」

と、尚美《なおみ》さんからおゆるしがでた。

「わーい」

「やったあ」

みんな歓声《かんせい》をあげた。

おれは、「はやく　たべたろう」を、手に乗せて迷《まよ》っていた。みのりに食べさせてやりたいなあ。

「どうしたの？　げん」

「らしくないねえ」

「早く食えよ」

みんなの声を背中《せなか》に聞きながら、干《ほ》し柿《がき》を両手につつんで、中二階に行った。だれかに呼《よ》ばれているような気がしたんだ。

ソファに知らないおじいさんがすわっていた。やせていて、福島のじいちゃんに感じが似《に》ていた。となりにすわると、

「干《ほ》し柿《がき》は、うまくできたかね」

と、おじいさんが、やさしい声で聞いた。

おれは、両手を広げて干《ほ》し柿《がき》を見せた。

「うん。よくできた。今が食べごろだな」

「食べちゃうの、もったいないな」

「そうか。でもな。この干《ほ》し柿《がき》は、キミに食べてもらいたがっているぞ」

「そうかなあ」

「そうさ」

思いきって口に入れる。ひなたの香《かお》りのする干《ほ》し柿《がき》の甘味《あまみ》が、口いっぱいに広がっ

た。もう、がまんできない。残りを夢中《むちゅう》で食べた。

干《ひ》からびたヘタと種だけが手に残った。

顔を上げると、おじいさんはもういない。

「うまがったー」

ひさしぶりの福島弁《べん》でつぶやいた。

それから、階段《かいだん》をおりて中庭に出ると、ヘタと種を柿《かき》の木の根元にていねいに埋《う》めた。

柿のこずえを見上げた。色づいた葉を落としながら、柿《かき》の木が、「いがった、いがった」と言っているような気がした。

ゆきの話

おばあちゃんの秘密《ひみつ》

わたしの家は、町の中心からトンネルを通って、ひと山越《こ》えた集落にある。三年生までは、おばあちゃんに、車で学校まで送《おく》り迎《むか》えしてもらった。四年生になった去年からは、自転車で通学している。

わたしは下村《しもむら》ゆき。両親と祖母《そぼ》の四人でくらしている。

両親は朝早くから弁当《べんとう》もちで山に入る。木を切ったり下草を刈《か》ったりして、山を守っている。父は林業組合の役員もしているから、ほとんど家にいない。

祖母《そぼ》は野菜や花を育てながら、となりのアパートの管理をしている。

アパートといっても、二階建て四戸の古びた建物だ。林業が盛《さか》んなころ、出稼《でかせ》ぎに

きていた人たちが、いそがしい時期に宿泊《しゅくはく》していたそうだ。しばらく空き家だったんだけどね。半年前に、リラちゃん親子が越《こ》してきた。お母さんは日本人で、お父さんは中国人だ。お父さんは中華《ちゅうか》料理店のコックさんで、お母さんは民宿の食堂で働いている。

リラちゃんは二歳《さい》。きたばかりのころは、親から離《はな》れられずによく泣いていた。でも半年たった今は、うるさいくらいわたしの家にやってくる。

太っているリラちゃんは、どたどた走ってくるから、すぐわかる。きょうも日曜日だというのに、おかまいなしだ。朝ごはんがすんで、やっと机《つくえ》に向かったら足音がした。垣根《かきね》のすきまをくぐり抜《ぬ》けて、頭に枯葉《かれは》を一枚つけたリラちゃんは、廊下《ろうか》のガラスごしにさけんだ。

「おしょくなってごめんねー」

(遅《おそ》くなんかないよーだ。だれも待ってなんかいないよーだ)

返事はしないで、心の中で言い返す。

これから調べ学習のテーマを決めるんだ。作品は図書館まつりで展示《てんじ》することになっている。先のばししていたから、あと一か月しかない。

うわ、首をのばしたリラちゃんと、ガラスごしに目が合った。

リラちゃんはすかさず、言った。

「ゆき、あそぼ」

年下なのに呼《よ》び捨《す》て？　わたしはわざと、

「お・ね・え・ちゃんはァ……」と、ゆっくり区切って、

「お勉強だからだめっ」

と、冷たく言った。

台所から小走りに出てきたおばあちゃんが、わたしをたしなめた。

「リラちゃんにはやさしくしなさい。まだ小さいし、ここに慣《な》れていないんだから」

あーあ、またか。

おばあちゃんにそう言われると、自分が悪者になったようでいらだつ。

おばあちゃんは、リラちゃんの両親が働き始めたら、保育園《ほいくえん》の送《おく》り迎《むか》えをかってでた。どこからもらってきたのか、車に中古のチャイルドシートまで取りつけた。

「リラちゃん、きてごらん」

おばあちゃんは、シャベルを二本持って庭に回った。

「ほら、この花のわきから小さい芽がいっぱい出てるでしょ。石仏《いしぼとけ》さんの横に移《うつ》そうね。石仏《いしぼとけ》さんもよろこぶよ」

「いちぼとけしゃん、『ありがっと』って言うね」

おばあちゃんとリラちゃんは、頭を寄《よ》せ合って、楽しげに話しながら庭をいじっている。家の前の側道に石仏《いしぼとけ》があって、おばあちゃんはいつも花をあげている。

リラちゃんの後《うし》ろ姿《すがた》が、小さいころの自分に重なって見える。わたしは、おばあちゃんっ子だった。

庭がにぎやかになった。リラちゃんのお母さんが呼《よ》びにきたのだ。いつものことだが、リラちゃんはしばらく、

「いやッ。帰らない！」

と体全体で抵抗《ていこう》していた。お母さんは、あばれるリラちゃんをかかえて、連れていった。

「おばあちゃん、また『おととい』あしょぼうねー」

リラちゃんのあきらめきれないひと声に、おばあちゃんも答える。

「はいはい。また『おととい』遊ぼうねー」

おばあちゃんは、笑いながら言って、また花を切り始めた。

畑続きの庭にいろんな種類の花を栽培《さいばい》して、おばあちゃんはそれを切り花にして、駅近くの「おひさま市場」に卸《おろ》しているのだ。

わたしは、ノートに目を移した。本気でやらないと図書館まつりにまにあわない。

テーマの候補《こうほ》はいくつかあった。

「鉄道の発展《はってん》」、「村の屋号《やごう》のこと」、「音羽《おとわ》の滝《たき》のこと」……。

ノートに書きだす。多すぎて迷《まよ》うなあ。

ふと外に目を移すと、おばあちゃんは石仏《いしぼとけ》に菊《きく》の花をあげ、しばらく頭をたれていた。それから、切り花を束にして、薄汚《うすよご》れた白のバンに積み始めた。おばあちゃんが長年使っている愛車だ。

わたしは目をそらす。あのポンコツ車を見るたびに、いやな思い出がよみがえる。

おばあちゃんとの関係がぎくしゃくし始めたのも、あの車が原因《げんいん》だ。

わたしは、物心《ものごころ》ついたころから、いつもこの車の助手席にすわっていた。今もミラーについている交通安全のお守りは、保育園《ほいくえん》の遠足で買ってきたお土産《みやげ》だ。

去年の夏あたりから、おばあちゃんは腰《こし》が曲がり始め、ひとりで後ろのドアが閉《し》められなくなった。最初のころは、飛びあがってドアに手をかけていたが、とうとう、それも無理になった。

「ゆき、ドアを閉《し》めてちょうだい」

と、気軽にたのまれたのはいつまでだったか。たのまれなくてもドアを閉《し》めてあげたのは、いつまでだったか……。

あの日のことを思い出して、また心がざわざわした。

運動会でつかれて帰った日。車のドアを閉《し》めにいくのがおっくうで、つい、こう言った。

「おばあちゃんたら、もう運転なんかやめなよ。年なんだから」

おばあちゃんの顔は一瞬《いっしゅん》ゆがみ、それから、きっと目をすえて言い返してきた。

「車なしでは町にも学校にも行けないよ。ゆきの送《おく》り迎《むか》えはどうするの？　今まで、どれだけこの車のお世話になったか……わかっているの？」

一気に言うと、車の後ろのドアを開けたままで走り去った。

いつもなら怒《おこ》っても、後でなにかしらやさしい言葉が返ってきた。でも、あの時だけはちがった。あれからおばあちゃんは、ドアのことを一度だってわたしにたのまない。車に入れてある踏《ふ》み台《だい》を出して乗り、自分で閉《し》めている。

今日はどうするのかと、気にしながら見ていると、おばあちゃんは花を両手いっぱいかかえて、よろよろしながら三往復《おうふく》して車に運んだ。

それから手についたゴミを払い、ちらりとわたしを見た。

「おひさま市場に行ってくるからね。おやつはテーブルの上にあるよ」

「うん」

おばあちゃんとの会話は、こうして必要最小限《さいしょうげん》で終わる。そういえば……昔は「ありがとうは？」とよくたしなめられた。言われなくなってからのほうが、しかられている気がする。

おばあちゃんは、踏《ふ》み台《だい》を出して乗ると、後ろのドアを力いっぱい閉《し》めた。

車が行ってしまってから、ノートに目を移《うつ》した。なにも目に入らない。頭がからっぽで、思考力ゼロだ。

「まいったな」

口に出して言って、ぱたんとノートを閉《と》じた。

こんなふうにもやもやしたり、暇《ひま》だったり、こまったりしたら行くところがある。そう、図書館だ。

わたしは立ちあがると、家に鍵《かぎ》をかけ、軒下《のきした》から自転車を出し、バッグを荷物入れに放《ほう》り投《な》げた。

家の前のじゃり道が終わると、アスファルトの細い坂道になる。右も左もうっそうと茂《しげ》る杉林《すぎばやし》だ。両親はこの林のどこかで仕事をしているはずだ。遠くからカーンカーンと木の幹《みき》をたたく音が聞こえる。

おしりを上げて自転車をこいだ。

まもなく「ヤヤトンネル」と呼《よ》ばれているトンネルについた。車一台がやっと通れる幅《はば》なので、向こうから自動車がこないか、見きわめないと入れない。

よし、だいじょうぶ。

トンネルに入ると急に温度が低くなり、時どき水滴《すいてき》が落ちてくる。風の強い日には、空気が真ん中で渦《うず》を巻《ま》いて、ちょうど子どもの泣き声みたいに聞こえる。だから、ひとりでこのトンネルを通る時には、ドキドキする。

でも、それもほんの一瞬《いっしゅん》で、トンネルを抜《ぬ》けると別世界がひらける。

遠くに連なった山々。その手前の駅と学校と図書館は、お互《たが》いを引き立て合うように調和して、木々の中に見えかくれしている。

トンネルを抜《ぬ》けたとたんに見えるこの風景が好きだ。

少し行くと、役場やおひさま市場、こじゃれた店が並《なら》ぶ商店街も目に飛びこんできて、（この町、人がいっぱいくらしているんだ）って思えて心がはずむ。

図書館は、日曜日なので人が大勢《おおぜい》いた。

入口の観光案内コーナーには、ナップザックを背負《せお》った若者《わかもの》が三人、地図に見入っている。

「ゆきちゃん、いらっしゃい」

カウンターにいた安東《あんどう》さんが、ソプラノのいい声で迎《むか》えてくれた。

「調べ学習？　みんな借りていってるからねえ。思い通りの本が見つかるといいわね」

安東《あんどう》さんはいつも読みが深い。

「なにかあったら聞きにきてね」

「はーい」

調子よく返事をし、地域資料《ちいきしりょう》の書棚《しょだな》の前に立った。

書棚《しょだな》の周りをうろうろするのが好きだ。なにかの本に「ブック・シャワーを浴びる」って書いてあったけど、そんな感じだ。昔の人、空想の世界の人、世界中の人。本の中から、いろんな人に話しかけられている気がする。時どき、「わたしを読んで！」って、オーラを感じる本がある。

地域資料《ちいきしりょう》の前で、しばらく背表紙《せびょうし》をながめ、上下左右に視線《しせん》を動かした。すると、空色の学校の文集みたいな本が、わたしを呼《よ》んだような気がした。

手に取ってみたら、表紙に「ヤヤトン」の写真がある。どきっとした。

『杉波隧道《すぎなみずいどう》ができるまで』と、書いてある。杉波《すぎなみ》はわたしの住む集落の名だ。ぱらぱらとめくると、八人くらいの人の文が載《の》っている。そして……わたしの視線《しせん》が止まった。

そこに、おばあちゃんの名前「下村《しもむら》さえ」を見つけたのだ！

最後のページを見る。作成した日は三十年前の一九八七年。編集《へんしゅう》は「若《わか》い翼《つばさ》の会」となっている。

わたしは、安東《あんどう》さんのところに行き、やつぎばやに質問《しつもん》した。

「なんでこの本ができたの？」

「若《わか》い翼《つばさ》の会って知ってる？」

安東さんは、にこにこ笑いながら、

「いい本が見つかったみたいね」

と、本を手に取り、ぱらぱらとページをめくった。そして、昔の図書館ニュースも調べたりして、ていねいに説明してくれた。

「隧道」は「ずいどう」と読み、昔はトンネルをこう呼《よ》んだこと。「若《わか》い翼《つばさ》の会」は読書会の名前で、農家の若い母親たちが、雨の日や農閑期《のうかんき》に図書館に集まって活動していたこと。地域資料室《ちいきしりょうしつ》の壁《かべ》にかかっている手づくりの地図は、その会の人たちが作ったということ、などだ。

安東《あんどう》さんは、

「なるほど、ゆきちゃんが本好きなのも、おばあちゃんの血をついだのね。おばあちゃんは、今も本をよく借りにくるものね」

と、うなずいた。

「ふふ。ゆきちゃんの調べ学習のテーマ、決まりかな？」

この本には、杉波隧道《すぎなみずいどう》の歴史も載《の》っている。なぜ「ヤヤトン」と言われているのか、その秘密《ひみつ》もわかるかもしれない。

借りる手続きをすませると、地域資料室《ちいきしりょうしつ》にもどり、額《がく》に入った布《ぬの》の地図を見た。安東《あんどう》さんに教えてもらうまで、こんな地図がここにあることも、おばあちゃんが関係していたことも知らなかった。

地図は、色あせたところもあるが、ていねいに心をこめて作ったものだとわかった。細かな仕事に感心しながら見ていたら、肩《かた》をたたかれた。満面の笑顔《えがお》のみのりがいる。

「安東《あんどう》さんが、ゆきちゃんがここにいるって教えてくれたの」

みのりは、ちょっとじまんげに続けた。

「この地図ね、あたしのおばあちゃんもいっしょに作ったんだよ」

「えーっ」

のけぞってしまった。

「わたしのおばあちゃんもだよ。じゃあ、同じ読書会に入ってたんだ」

「えーっ」

今度は、みのりがのけぞった。みのりも、その文集を見るのが初めてだと言って、とてもおどろいた。

二人で文集を開いてみた。たしかに、名簿《めいぼ》に青木知子、下村《しもむら》さえの両方の名前があった。

「みのり、いっしょに調べ学習しない？　杉波隧道《すぎなみずいどう》のこと！」

わたしはずんで問いかけた。

「うーん。どうしようかな」

みのりは、こまった顔で首をかしげた。

「もう決めちゃったの。おばあちゃんの友だちが作った、草花の画集を見て思いついたんだ。『深山《みやま》の草花』にしようって……」

みのりはそう言ってから、「あ！」と口を押《お》さえた。

「そういえば、その絵を描《か》いた香苗《かなえ》さんって人も、読書会のメンバーだったんだって！でも、地図を作った時には、もうこの世にいなかったんだよね」

「え、どうして？」

「事故《じこ》で亡《な》くなったみたい。香苗《かなえ》さんの草花の画集、つむぎ堂にあるよ」

みのりとは、今度いっしょにつむぎ堂に行く約束をした。


いそいで家にもどって、文集のページを開いた。

まっ先におばあちゃんの文を読む。おばあちゃんの文は、『香苗《かなえ》さんの思い出』という題だった。

「裏庭《うらにわ》で、オトギリソウが黄色の花をいっぱいつけて、風にゆれています。香苗《かなえ》さんが、山から採《と》ってきて、苗《なえ》を分けてくれたものです。

小さな株《かぶ》だったオトギリソウは、今では庭の一角に根づき、しっかり増《ふ》え続けています。その分、香苗《かなえ》さんとお別れして、日がたったということです。今年三回忌《さんかいき》をしました。

香苗《かなえ》さんは、わたしの二歳《さい》上でした。お腹《なか》に赤ちゃんができたので、住む家を探《さが》していて、町から遠く離《はな》れたわたしの家のアパートに住むことになりました。事情《じじょう》があって、ひとりで産んで育てなくてはならなかったのです。町中に住む親が、時どきようすを見にくるだけで、ほかには訪《おとず》れる人もいませんでした」

そして、おばあちゃんとのかかわりが書いてあった。

「同じころ、わたしもお腹《なか》に子どもがいましたから、よく助け合いました。わたしは実家が遠かったので、香苗《かなえ》さんのおかげでさみしい思いをしなくてすみました。二人で話したり、編《あ》み物《もの》をしたり、おかずを分け合ったりしたものです。

十一月にわたしが男の子を、次の年の一月に香苗《かなえ》さんが女の子を産みました。子どもたちを、双子《ふたご》のように育てました」

次に、図書館での活動のことが書かれている。

「このころ、青木さんに『若《わか》い翼《つばさ》の会』という読書会にさそわれました。迷《まよ》っていたら、青木さんが『みんな赤ちゃん連れよ。車で迎《むか》えに行くから』と言ってくれました。香苗《かなえ》さんもさそいました。図書館に行くのも初めてでしたが、職員《しょくいん》の皆《みな》さんがみんな親切で、子どもがねむると、事務室《じむしつ》に寝《ね》かせてくれました。

わたしは町育ちなので、山里のくらしはけっこう大変だったのです。でも、読書会で本にも人にも出会え、語り合い、よく笑い、元気をもらいました。広い世界にさそい入れてもらったから、いろんなことを乗りきってこられたのだと思います」

おどろいた。わたしは、おばあちゃんの過去《かこ》に、こんなに深い図書館とのつながりがあったなんて思いもしなかった。次から終わりまでの文に、さらに衝撃《しょうげき》を受けた。

「香苗《かなえ》さんとの突然《とつぜん》の別れは、長い間ふり続いた雨がようやく上がった梅雨《つゆ》のころでした。香苗《かなえ》さんは、実家のおばあちゃんが病気とわかり、早く会いに行きたい一心で、〈危険《きけん》立ち入り禁止《きんし》〉の看板《かんばん》がある古い隧道《ずいどう》に立ち入ったのです。赤ちゃんをおんぶして……。

岩がくずれ落ちるなんて、思いもしなかったでしょう。長雨で地盤《じばん》がゆるんでいたのです。

わたしにとって、それはつらいできごとで、その時、お乳《ちち》が止まってしまいました。香苗《かなえ》さんが草木で染《そ》めた布《ぬの》と、草花のスケッチ画がたくさん遺《のこ》されました。図書館の地域資料室《ちいきしりょうしつ》にある手づくりの地図は、その布《ぬの》で作りました。その作業があったから、わたしたちは、香苗《かなえ》さんとの別れを受け入れられたのだと思います。

そして、香苗《かなえ》さん母子の犠牲《ぎせい》があったから、新しい今の杉波隧道《すぎなみずいどう》が、早めに完成したと聞いています。

まもなく、わたしは車の免許《めんきょ》を取りました。運転ができるようになったので、つかれていても、雨でも、自力であのトンネルを一瞬《いっしゅん》で抜《ぬ》けて、本にも人にも会えるようになりました。

今でも、トンネルを通るたびに香苗《かなえ》さん親子のことを思い出します」

読み終わってからも、わたしの心臓《しんぞう》は、ずっとバクバクと波打っていた。

今まで、本に書いてあることは遠い世界のことだと思っていた。けれど、この本にあることは、どれも本当に起こったことで、しかも、わたしの住んでいる町のことだなんて……。とてもふしぎな気がした。

でも、「ヤヤトン」の意味は、どこを探《さが》しても書いてない。

夕飯のとき、なにげなく聞いてみた。

「ねえ、なぜ『ヤヤトン』って呼《よ》ぶのかなあ」

「知らないなあ」

アルコールが入ったお父さんは、赤い顔でおばあちゃんを見た。

「あれはね……」

おばあちゃんは、お茶を飲むと、まゆを曇《くも》らせた。

「聞いたことないかい？　あのトンネルは、赤ちゃんの泣き声がするってうわさ。昔は、赤ちゃんのことを、ややこって言ったの。ややこが泣くトンネル……つまって『ヤヤトン』ってこと」

「そうなんだ」

うなずいてから、おばあちゃんの話にフォローを入れる。

「うわさは聞いたことないけど、わたしにも、赤ちゃんの泣き声が聞こえるよ」

「おばあちゃんもね。あそこ通るたびに赤ちゃんが泣いてるような気がするのよ。……香苗《かなえ》さんの子」

「香苗《かなえ》さんってだれ？」

お母さんの問いに、うっかり答えそうになり、だまって聞いていた。

「となりのアパート……今、リラちゃんたちがいる部屋に住んでいた女の人よ」

おばあちゃんは、文集に書いてあったのと同じことを、順番に話し始めた。お母さんは初めて聞く話らしい。

「じゃあ、あの石仏《いしぼとけ》は？」

「そう、あれは香苗《かなえ》さんの親御《おやご》さんが『父なし子ってかげ口を言われるのがいやで、あの子たちにはつらくあたってしまった。世間の目なんか気にしないで、いっしょに住んでいればよかった』って、嘆《なげ》き悲《かな》しんで供養《くよう》に建てたの。その親御《おやご》さんも、もう亡《な》くなったけどね」

家族のだれもが、しばらくだまりこんでいた。

次の朝。学校に行く前に、石仏《いしぼとけ》のところに寄《よ》ってみた。こんなに近くなのに、ちゃんと見るのは初めてだ。

周りの草が刈《か》られて、花がきれいに飾《かざ》ってある。石仏《いしぼとけ》はあどけない赤ちゃんの顔で、空をじっと見ていた。

後ろから、おばあちゃんの声がした。

「石仏《いしぼとけ》さんの顔、リラちゃんに似《に》ているだろ?」

おばあちゃんは、愛《いと》おしそうに石仏《いしぼとけ》を見つめる。

「ほんとだ。リラちゃんもきっと、赤ちゃんの時にこんな顔してたんだね」

素直《すなお》に言葉が出ていた。

「リラちゃんに初めて会った時ね。あんまり似《に》ているからびっくりしてね。あの子をだいじにしようって決めたんだよ。……もっとも……」

おばあちゃんはそう言って、わたしの肩《かた》をやさしくなぜた。

「この子もだいじだけどね」

わたしは、泣きそうになったけど、むりやり笑った。

「いってきまーす！」

わたしは、軒先《のきさき》から自転車を出した。

「リラちゃん、したくできたかねー」

おばあちゃんの、はりきった声が後ろでする。

「おはようー。ちたくできたよー」

リラちゃんのかわいい声が答える。わたしは自転車をこぎだした。

調べ学習のテーマは「『ヤヤトン』と石仏《いしぼとけ》」にしよう。おばあちゃんに聞きたいことが山ほどある。

アスファルトの道に出たところで、おばあちゃんの車に追いつかれた。

車は、ちょっと速度を落とした。リラちゃんが窓《まど》から顔を出して、

「ゆきねえたーん」

と、お月さんみたいな笑顔《えがお》で手をふっている。わたしも手をふり返した。

杉《すぎ》の木のつんとした香《かお》りが鼻をくすぐる。「ヤヤトン」の入り口はもうすぐだ。

館長さんの話

図書館まつりの日

館長室の窓《まど》から見ると、青く高い空に、羊の親子のような雲が三つ浮《う》かんでいます。その下に連なる山々は、今まさに紅葉《こうよう》の盛《さか》りです。真紅《しんく》、朱色《しゅいろ》、黄色がまじりあって美しいこと！　秋の日に照らされています。

きょうは、深山町《みやまちょう》図書館開館五十周年記念の図書館まつりの日。

館長として、まずは天気にお礼を言いました。

にぎやかな声にさそわれて、広場に出ました。

広場には、古本市、民話の紙芝居《かみしばい》のお話会、手づくり品のバザー、切り花や特産品売り場、科学遊びコーナーなどが並《なら》んでいて、どのコーナーからも、笑い声が聞こえ

ています。ひときわ目立つ青いハッピを着ているのは、自治会役員です。目ざとくわたしを見つけた自治会長が、

「やあ、館長。このようすだと、図書館まつりは大成功だね」

と、日焼けした顔をほころばせました。

自治会長に、町の地図づくりをたのんだのはわたしです。最初は乗り気でなかったのですが、深山（みやま）とマップ（地図）を合わせて、「ミヤマップ作成委員会」という名前をつけてから、はりきり始めました。地域資料《ちいきしりょう》の本も借りてくれたんです。町内の役員や図書館友の会のメンバーを動員して、何回も集まって作業をしてくれました。

会長が図書館を利用したのは初めてでしたが、今はすっかり図書館の広告塔《こうこくとう》です。ほら、のぞきにきた町長をつかまえて得意げに教えています。

「ミヤマップは、町を見直し、町が好きになるしかけがある地図です。それを図書館にかざって、みんなで集まる。図書館を起点にした『町おこし』ってわけです」

ふふふ……。当の町長の言葉の受け売りってことに気づいていないみたい。

町が好きになるしかけのひとつに、「この町で、あなたが好きな場所はどこですか？」の企画《きかく》があって、大人気です。年齢《ねんれい》別に色分けしたシールをはるんです。

地図に見入っていた町長は、

「シールは一こだけかね。好きな場所を一か所にしぼるのはむずかしいなあ……」

と、地図の前を行ったりきたりして迷《まよ》った末に、介護施設《かいごしせつ》の「みやま園」にはりました。お父さまがお世話になっているのだそうです。

時間がたつとともに、地図のあちこちがいろんな色のシールで、埋《う》められていきました。はりきっているのは、ハルさんも同じです。

「そこの若《わか》い衆《しゅう》！　寄《よ》っていきなさーい」

観光客を呼びこむ、元気な声がひびきわたっています。ハルさんの持ち場は、駅に近いテント。こんにゃく料理の販売係《はんばいがか》りです。串《くし》おでんとゆず味噌《みそ》をかけたアツアツのこんにゃくは、その場で食べられます。きんぴら、シソの実と炒《いた》めた佃煮《つくだに》、刺身《さしみ》用と、こんにゃく料理もいろいろです。

四角に切ったコンニャクとウズラの卵《たまご》、ハート形のニンジンを団子《だんご》みたいにつなげたかわいい串《くし》もあります。これは『作って楽しい・見て楽しい・こんにゃく料理』という絵本に載《の》っているお料理です。

「借りたのはあの本だけ。後が続かない」って、宮本《みやもと》さんがなげいていましたけどね。

となりでは、イノシシの肉と山菜がたっぷり入ったしし鍋《なべ》が、湯気を立てています。この担当《たんとう》は、「おひさま市場」の人たち。

町の人たちも観光客も、呼《よ》び声《ごえ》とおいしそうなにおいにつられて、ひっきりなしにきています。

テントの中のテーブルの上には、図書館の本とレシピを置きました。観光関係の本を読むコーナーには、町特産のお茶の入ったポットが用意されています。茶業組合からの寄付《きふ》です。

あ、ハルさんが、走り回っている宮本《みやもと》さんを呼《よ》びとめました。

「ほい、宮《みや》さん。わたしのシールもはってきておくれ。図書館から微妙《びみょう》に左に下がった。『ハルさんのじまん市』って書いてあるとこだ。

色？　わたしゃ八十一歳《さい》だ。ついでにサスケの分も横にはっておくれ。……うーん。六十歳《さい》でよし！」

「オッケー」と、返事した宮本《みやもと》さんは、

「これ、ハルさんにたのまれたんですよ。ぼくのじゃありませんからね」

と、言いわけしながら、オレンジとピンクのシールをはりました。

そういえば、「ハルさんのじまん市」も地図に入れようと言ったのは、青木知子さん。みのりちゃんのおばあちゃんです。

昔、読書会を立ちあげた時に、「女が本を読むなんてなまいきだ……」と、ハルさんに皮肉《ひにく》を言われたんですって。

「それでさそいそこねたんですけど」

って、言っていました。

午後は記念式典でした。町長の後に、わたしもあいさつしました。

「深山町《みやまちょう》図書館の年齢《ねんれい》と同じ五十歳《さい》。この町に生まれ、図書館の開館式に、赤ちゃん代表でテープカットをしたんです」

と話をしたら、笑いと拍手《はくしゅ》が起きました。

その後、表彰式《ひょうしょうしき》でした。調べ学習コンクールの金賞は、みのりちゃんとゆきちゃんの合作で、「『ヤヤトン』と石仏《いしぼとけ》と深山《みやま》の草花」というテーマです。パワーポイントで、画像《がぞう》をいっぱい使って、いきいきと発表してくれました。ヤヤトンと石仏《いしぼとけ》の関係、手づくりの『深山《みやま》の草花』の画集や地域資料室《ちいきしりょうしつ》の地図は、どうやってできたのか。そのことを通して考えた、昔と今のくらしや考え方の変化など、とてもよくわかるお話でした。

それを知るために、図書館のどんな本を使い、だれにどんな話を聞き、自分の足でなにを見にいったか……、調べ学習のだいご味《み》が伝わってきて、図書館職員《しょくいん》としても、とてもはげまされました。そうそう。『深山《みやま》の草花』という手づくりの画集は、図書館にはないのです。貴重《きちょう》な郷土資料《きょうどしりょう》ですからなんとか手に入れたいと、図書館職員《しょくいん》として思いました。

二人は、おばあちゃん同士が若《わか》いころの読書会「若《わか》い翼《つばさ》の会」のメンバーだったそうです。彼女《かのじょ》らをつなげたのは、安東《あんどう》さん。「本は人をつなげる」が口ぐせのベテラン司書です。章夫《あきお》さんのおつれあいもメンバーだったなんて、びっくり！　です。

いよいよ最後のコンサートが始まりました。フルートのソロで、奏者《そうしゃ》は岸遥人《きしはると》さん。作曲コンクールで入賞し、新聞などでも話題になった方です。「図書館のおかげで、今があるから」と、よろこんで引き受けてくれました。演奏《えんそう》する曲は、深山町《みやまちょう》をイメージした二曲でした。

最初の曲名は「風のマーチ」。山々や茶畑をわたる風に吹《ふ》かれているような、さわやかな調べでした。次は、「星の伝言」。夜空の神秘的《しんぴてき》な空間が、柔《やわ》らかなリズムで伝わってきました。

日常《にちじょう》のことを忘《わす》れて、宇宙《うちゅう》にだかれている……そんな、自由で心休まる時間でした。

わたしが岸さんに最初にお会いしたのは、十年くらい前です。

音羽《おとわ》公園に移動《いどう》図書館車で行った時でした。近くに住む野村さんが連れてきてくれました。夕暮《ゆうぐ》れになるとフルートの音色が聞こえるので、野村さんは気になっていたようでした。

「あんなきれいな音色《ねいろ》を出すんだもの。きっといい人だと思ったの」

と、野村さんは後になって話してくれました。

会場中の人を魅了《みりょう》した演奏《えんそう》が終わり、花束贈呈《ぞうてい》に移りました。

野ばらをあしらった花束をかかえて、野村さんが車いすであらわれました。野村さんは、去年から介護施設《かいごしせつ》「みやま園」に入所しています。

花をわたすと、岸さんは野村さんの手をしっかりにぎりました。それから、ぽつぽつと話し始めました。

「わたしが今、ここに立つことができたのは、『図書館』と野村さんのおかげです。家族も仕事も失い、フルートだけ持ってたどり着いたのがこの町です。泊まる場所もなく、公園のすべり台の下で野宿をして、日が暮《く》れるとフルートを吹《ふ》いていました。そこにきてくれたのが野村さんです。

「『あなたのフルートの音色は美しいから、星に聞かせてあげてね。すべり台の下なんかじゃなく、上で堂々とふいたらいいわ』

その日、野村さんは、お宅《たく》の離《はな》れに泊《と》まらせてくれました。野村さんの作ってくれた温かいみそ汁《しる》とおにぎりの味……今も忘《わす》れられません……」

会場から、また拍手《はくしゅ》がおきました。岸さんは続けます。

「移動《いどう》図書館に連れていってくれたのも野村さんです。住所のないわたしのかわりに野村さんが本を借りてくれました。やる気もなく味気ない生活に、本を読む楽しさが加わると、少しずつ前を向けるようになりました。

野村さんのお世話で商店街のお店に仕事が見つかってからは、時間ができると、すぐに図書館に行きました。オーディオ・コーナーで作曲の勉強もできたし、図書館の職員《しょくいん》の皆《みな》さんや本やインターネットからいろんな情報《じょうほう》をもらいました。わたしの人生の再出発《さいしゅっぱつ》を支《ささ》えてくれたこの図書館で、恩人《おんじん》の野村さんの前で、フルートの演奏《えんそう》ができるなんて夢《ゆめ》のようです」

岸さんは深々と頭を下げました。マイクが野村さんに移《うつ》りました。

「岸さん、コンクール入賞おめでとう。わたしは、今も昔も、岸さんの音楽のファン

ですよ」

野村さんは、和《なご》やかな口調《くちょう》で言いました。腰《こし》が曲がり、しわも深くなった野村さんだけれど、移動《いどう》図書館で絵本を読んでくれた昔と、笑顔《えがお》はちっとも変わりません。

岸さんは、移動《いどう》図書館が訪問《ほうもん》する日に合わせて、みやま園で、ボランティアでフルートをふいてくれています。

図書館まつりは、無事に終わりました。

片付《かたづ》けは、職員《しょくいん》と友の会と自治会のメンバーが協力して、一気に終わりました。ゴミも手分けして持ち帰ってくれました。今は昼間のにぎわいがうそのように、静まり返っています。

心地《ここち》よいつかれに身をまかせ、いすを回して窓《まど》の外を見ました。秋の日はつるべ落としです。「あわい」の時間はとっくに過《す》ぎて、町の灯《ひ》がポツポツと灯《とも》り始めました。

わたしは、机《つくえ》の引き出しにあったコンサートのチケットをバッグに入れかえ、立ちあがりました。岸さんからいただきました。コンクール入賞の副賞で、二枚《まい》もらったのだそうです。

館長室を出て、玄関《げんかん》のミヤマップの前で足が止まりました。

「深山町《みやまちょう》のどこが好き？」のシールが地図にさまざまな色をちりばめています。

図書館がとくに人気があるわけではないこともわかり、ちょっとがっかりしましたが、肩《かた》の力が抜《ぬ》けた気がします。

じっと見ていたら、シールが人に見えてきました。勝手に動きまわり始め、すれちがったり、ぶつかったり、立ち止まったり、くっついたり、離《はな》れたり……。知ってる人も、知らない人も、自由に行き交い、その手に、自分だけの図書館への地図を持っています。

わたしは、思わず地図に語りかけていました。

「図書館にたどりつくのに、目的も道順も方法も、みんなちがいます。迷《まよ》ったり、障《しょう》害物《がいぶつ》があったりするかもしれません。でも、ご安心ください。図書館は、いつでもあなたの味方です。

図書館は、あなたのお越《こ》しを、心からお待ちしています」

エピローグ

美月《みつき》さんの話

新しい地図

なんだか、遠い昔から深山町《みやまちょう》に住んでいるような気がしています。この町の住民になってから、三年もたっていないのに……。

幸せなことに、この町の、たくさんの方のだいじなお話をいくつも聞かせてもらいました。店にきたお客さんから、いろんな情報《じょうほう》や相談が持ちこまれるのです。

中でも心に残っているのは、「若《わか》い翼《つばさ》の会」の皆《みな》さんの話です。みのりちゃんとゆきちゃんの調べ学習の時、つむぎ堂に集まってくれました。皆さんが、図書館にたどりつくまでのお話を、わたしもいっしょに聞かせてもらいました。育児や畑仕事もあり、交通の便も悪く、自由に外出できない時代です。赤ちゃんをおぶって山を越《こ》えて図書館へ行った方、姑《しゅうとめ》さんが子どもを見てくれた方、夫に嫌味《いやみ》を言われ続けた方など、いろいろです。でも、どなたも、「図書館での時間は、身も心も解放《かいほう》されて、それは楽しかった！」ですって。

なによりうれしいニュースは、お孫さんたちの調べ学習を機に、読書会が復活《ふっかつ》したこと。図書館で新しい会の登録をされたそうです。そして図書館での集まりの帰りには、みなさん、かならず「つむぎ堂」に寄《よ》ってくれるのです。

ある日、お茶を飲みながら、楽しそうに会の名前を決めてましたよ。

「『若《わか》い』は、もう使えないし……」

「そうそう。足腰《あしこし》が痛《いた》いし、もうよれよれだよ」

「『よれよれの翼《つばさ》の会』は、どう？」

「翼《つばさ》はよれよれでも、口は達者《たっしゃ》だよね」

「そういえば、孫たちもピーチクパーチク、小鳥みたいに楽しそうにさえずっていたねえ」

そこで、顔を見合わせて、うれしそうに思い出し笑いをしてました。

「わたしたちも、孫たちに負けずに、さえずろうよ」

「そうだ！『歌う翼《つばさ》の会』はどう？」

「いいねえ」

こんな会話があって、「歌う翼《つばさ》の会」になったなんて、みのりちゃんたちは知らないでしょうね。

よく笑う皆《みな》さんです。でも、本の話になると、どなたもそれぞれの感想を堂々と言い合うんです。わたしは思わず仕事の手を止めて、耳を傾《かたむ》けてしまいます。

思えば資料室《しりょうしつ》の古い地図との出会いが、わたしを「過去《かこ》」から、この「今」へとつないでくれたんですね。


昨日は、深山町《みやまちょう》図書館開館五十周年記念の図書館まつりでした。

わたしたち夫婦《ふうふ》は、手づくりの小物を、竹ヒゴで作った大きなかごに入れてバザーに出しました。おしゃれにラッピングされた干し柿《ほがき》も出品されていたので、その横に置きました。お互いに引き立てあっていましたよ！

いろんな手づくり品が並《なら》んでいました。へちまで作った化粧水《けしょうすい》やタワシとか、わらで編《あ》んだぞうりなどもあり感動しました。昔から伝わる生活の知恵を、わたしも教えてほしいと思いました。

みのりちゃんたちの作った本のしおりも人気でした。
「図書館はふるさと」「図書館はあなたを待っています。ホント（本と）だよ」のキャッチフレーズもいいなあ！　大勢《おおぜい》の人に手にとってほしいので、わたしは買うのをやめました。

夫と風花《ふうか》と三人で、図書館まつりを心ゆくまで楽しみました。

で、わたし、気づいたんです。「若《わか》い翼《つばさ》の会」の人たちだけでなく、この町すべての人に、それぞれの物語があるということに。ミヤマップにはられたたくさんのシールからも、『あなたはこの町のどこが好き？』の文集からも伝わってきたんです。

わたしもいつか、わたしの物語がつむがれた「新しい地図」を作れそうな気がします。

この町の、この図書館で……。

あとがき――図書館はともだち

近くに図書館がなかったら、私の人生は今と全く違うものになったと思います。多岐にわたるジャンルの読書も楽しんでいますが、仕事や地域活動に必要な情報や本に、どれほど助けられているかわかりません。

目的のない書架巡りも好きです。古今東西の本や人たちから語りかけられているようで、宇宙の広さを感じ、心が自由に解放されていきます。

私は三六年の間、家庭文庫で地域の多くの大人や子どもたちと本を通してのふれあいを楽しんできました。同時に、図書館の発展を願う会の活動も続けています。活動を始めたばかりの頃、図書館支援活動の先駆者のおひとりである今は亡き菅原峻氏からも多くの示唆をいただきました。中でも、「図書館と市民は、共に成長する」「図書館は文化のバロメーター」という言葉に背中を押されました。

さらに、「図書館はともだち」というテーマで書かれた文の中で、図書館友の会の意義を「人生にともだちが必要なように、図書館にもともだちが必要です。もしあなたが現在の図書館のサービスに満足しているなら、それに感謝して友の会に入会しませんか。もし図書館に何かをつけ加えたり、改善したいとお望みなら友の会に入会しませんか」と述べられています。「図書館」と向き合う方向性を確認したように思いました。

現在、ほとんどの市町の図書館は、人も資料も予算をかけてもらえない状況にあります。そんな厳しい条件の中でも、「人と人」「本と人」をつないでくれる素敵な図書館職員と、図書館を支え続けている市民が、全国の至るところにいます。その方たちを思い浮かべながら、感謝とエールの気持ちを込めて物語を綴ってみました。

『図書館につづく道』の舞台は、わが故郷のお茶の香りのする牧之原台地です。図書館をともだちにして、他者とゆるやかにつながっていく人たちの物語を書き終えた時、ずっと気になっていた宿題をようやく終わらせたように思いました。子どもや本や図書館にかかわる私の活動や仕事を、長年支えてくれている家族・友人、そして、大勢のなかまたち。おかげさまで私の中での理想の図書館が形にできました。

仕事でやりとりしていた奥泉和久氏には、生原稿を見ていただく機会があり、「図書館」を知りつくしている方ならではの、誠実で深い読みの感想をいただきました。心から感謝申しあげます。

最後になりましたが、編集の堀切リエさん、画家のいしいつとむさん、マップ・デザインの松田志津子さん、出版を快諾してくださった子どもの未来社の奥川隆社長に、この場を借りてお礼申し上げます。また、私が三日とあけず通っている地域分館の頼りになる司書の春嵜由紀さんは、素敵な推薦文を書いてくださいました。そして、この本を手に取ってくれたあなた。

全ての皆様に、心からのお礼を申し上げます。

草谷桂子（くさがや けいこ）

静岡県生まれ、静岡県在住。家庭文庫を主宰して36年。日本児童文学者協会、童話創作グループ「かしの木」所属。主な著作に『白いブラウスの秘密』『青い目のお客さん』（偕成社）、『みどりの朝』（東京経済）、『さびしい時間のとなり』（ポプラ社）、『こどもと大人の絵本の時間』（学陽書房）、『絵本で楽しむ孫育て』（大月書店）、『絵本は語る はじまりは図書館から』『3.11を心に刻むブックガイド』（子どもの未来社）、絵本に『プレゼントはたからもの』『おきゃくさんはいませんか?』『ぼくはよわむし?』（大月書店）など。

絵●**いしいつとむ**

1962年千葉県香取市生まれ。絵本の作品に『つきよのゆめ』（ポプラ社）、『ばあばは、だいじょうぶ』（童心社）、『妖怪の日本地図（全6巻）』（大月書店）、『カブトムシのなつ』（文研出版）、『おひさまえんのさくらのき』（あかね書房）、『日本の伝説 はやたろう』『同 きつねの童子』（子どもの未来社）などがある。

デザイン・マップ●松田志津子

図書館につづく道

2017年12月18日 第1刷印刷
2017年12月18日 第1刷発行

著 者 草谷桂子
発行者 奥川 隆
発行所 **子どもの未来社**
〒113-0033 東京都文京区本郷 3-26-1-4 F
TEL 03-3830-0027 FAX 03-3830-0028
E-mail：co-mirai@f8.dion.ne.jp
http://comirai.shop12.makeshop.jp/

振替 00150-1-553485

印刷・製本 中央精版印刷株式会社

ISBN978-4-86412-129-3 C8093 NDC913

やま園
みのりの家
げんの家
図書館
小学校
テングの腰《こし》かけ
カフェ つむぎ堂
まえき
KOBAN
おひさま広場
深山町マップ